나를 좋아하는 건 **너**뿐이냐 ⑨

You're the only one who likes me

라쿠다 지음
브리키 일러스트

"훗.
오늘은
날씨가
좋도다.

절호의
닭꼬치
날씨로다."

히이라기 / 모토키 치후유

2학기부터 니시키즈타 고등학교에 입학
한 전학생. 츠바키와는 소꿉친구이고, 서
로의 집이 닭꼬치 노점 VS 튀김꼬치 노
점라는 라이벌 관계. 뭐, 여러 의미로 실
력은 천지 차이지만….
별명은 본명의 한자 모토키(元木) 치후유
(智冬)에서 '木'과 '冬'을 합치면 '히이라
기(柊)'가 되는 것에서 유래.

"하아~! 역시 이 자세가 제일 마음 편해~!"

히마와리 / 히나타 아오이
내 소꿉친구로, 운동 신경만큼
은 뛰어난 무자각 bitch.

"후슈루루루····.
우리,

썬 / 오오가 타이요
코시엔에서 준우승한 니시키즈타 고등학교
야구부의 에이스. 그리고 나의 절친.

팬지 / 산쇼쿠인 스미레코

어째서인지 나에게만 독설을 퍼붓는, 양갈래로 땋은 머리에 안경을 낀 도서실의 주인.

"아주 화났어! 죠로, 제대로 설명해!"

아스나로 / 하네타치 히나

신문부의 민완 편집부원. 허둥대면 사투리가 튀어나온다.

코스모스 / 아키노 사쿠라

학생회장. 겉으로는 쿨하지만, 사실은 꽤나 덜렁대고 소녀틱.

"이제부터가　　　　나와 츠바키의

사잔카 / 마야마 아사카
좀 노는 애였다. 지금은 청초한 껍질을 뒤집어썼지만, 사실은 야수에 카리스마 그룹의 리더 같은 존재.

체리 / 사쿠라바라 모모
토쇼부 고등학교 학생회장. 텐션이 높고 가벼운 성격의 여자.

마지막
성전의…

"시작이다!"

"히이라기…
아주
오래전부터
함께한
나의
라이벌.
너에게만은
지고
싶지
않아."

contents

You're the only
one who likes me

나를
좋아하는
건 **너**뿐
이냐

9

라쿠다 지음
브리키 일러스트

eXtreme novel

나는 부지런히 거들었다

프롤로그

전국 고등학교 야구 선수권 대회　　　지역 대회 결승전　　10시 40분.

오늘은 나—쿄로＝키사라기 아마츠유에게 굉장히 중요한 날이다.

내가 다니는 고등학교인 니시키즈타 고등학교가 코시엔에 가느냐 못 가느냐… 오늘 결정 난다.

더불어서 나 개인에게도 나의 상위 호환이자 절대로 질 수 없는 남자, 하즈키 야스오… 통칭 '호스'와의 승부가 있다.

그리고 그 승부에 이기기 위해서 야구부의 에이스이자 베프인 오오가 타이요… 통칭 '썬'의 협력이 필요불가결하다.

그러니 서둘러서 썬과 접촉할 예정이었는데, 어째서인지 나는….

"어서 옵쇼! 닭꼬치 어떠세요?! 엄청 맛있으니까, 꼭 드셔 보세요!"

"음, 좋은 목소리다. 나로서도 자랑스럽구나."

야구장 밖에서 어딘가 거만한 어조의 여자와 함께 닭꼬치를 팔러 다니고 있다….

아니, 여기에는 조금 사정이 있어.

신체 능력이 좀 높은 괴물(코스모스)과 도깨비(히마와리)에게 쫓겨서 말이지, 아무래도 뿌리칠 수 없을 것 같기에 순간적으로 근처에 있던 노점—'씩씩한 닭꼬치 가게'에 뛰어 들어가 '쫓기고 있습니다! 도와주세요!'라고 부탁해서 보호를 받았어.

그랬더니 노점 주인인 형이 '숨겨 줬으니까 답례 삼아 내 동생이랑 같이 닭꼬치 좀 팔고 와'라면서 강제로 일을 맡기잖아.

쫓기는 인간에게 돌아다니면서 닭꼬치를 팔라니, 이 인간 대체 무슨 소리를 하는 건가 싶었지.

…하지만 빚을 진 이상 거스를 수도 없어서.

결과적으로 나는 그 형의 여동생인 모토키 치후유와 이렇게 함께 이동 판매를 하고 있다.

"훗. 오늘은 날씨가 좋도다. 절호의 닭꼬치 날씨로다."

살짝 구불거리는 긴 머리에 글래머러스한 스타일, 여자치고 큰 편인 165센티미터 정도의 신장, 거만한 태도가 잘 어울리는 어른스러운 외모의 미인.

처음에는 대학생 정도로 보였기에 동갑이라는 말을 들었을 때는 조금 놀랐다.

모토키는 미인이니 근처 남자들에게 말을 붙이면 닭꼬치 정도야 팍팍 팔 수 있을 텐데….

"자, 목청을 높여라, 키사라기 아마츠유여. 닭꼬치는 아직 많이 있도다."

이 여자, 명령만 내릴 뿐이지 호객은 전부 나한테 떠넘기고 있다.

어조와 목소리의 볼륨이 반비례해서 말이지.

아까부터 나한테밖에 안 들리는 작은 목소리로 말한단 말이
야, 이 녀석.

나는 세트로 파는 음료수가 든 냉장 박스를 들고 있으니까, 닭
꼬치가 든 상자를 가진 모토키가 좀 소리치라고….

"아니, 나는 어디까지나 도우미니까, 네가 조금 더 목소리를
크게…."

"나는 지시를 담당하고 있다. 자, 목청을 높이거라."

대충 그럴 거라고는 생각했어….

"안달할 것 없다. 나는 지시를 잘 내리기로 정평이 났으니까?
자, 목청을 높이거라."

어디서? 아까부터 '목청을 높이거라'란 말밖에 안 하잖아.

"언니! 닭꼬치, 주세요!"

어라? 어린아이가 500엔 동전을 내밀며 모토키에게 말을 걸
었군.

언뜻 보면 다섯 살 정도 같은데, 부모님은… 아, 뒤에서 흐뭇
하게 지켜보고 있군.

그래, 처음 하는 심부름이란 느낌이로군.

"음? 그대는 이 몸한테 말한 것인가?"

"그대? 이 몸? 어어… 닭꼬치, 주세요!"

다섯 살짜리 애에게 좀 어려운 표현이었나. 뭐, 됐어. 저쪽에
서 말을 걸어왔으니 잘된 거지.

얼른 모토키가 닭꼬치를 팔… 아니, 이 녀석은 왜 나를 바라보는 거야?

"키사라키 아마츠유여, 뭘 하고 있지? 얼른 이 아이에게 닭꼬치를 판매하거라."

그건 내가 할 말이야. 왜 나한테 닭꼬치 상자를 내미는데?

"어라? 언니, 왜 그래요?"

"얼른 해라. 손님이 기다리고 있다. …어서, 어서어서."

진짜로 이 녀석 뭐야?

"…알았어."

참자. 참아…. 손님 앞에서 점원들끼리 다투면 안 되고, 소동이라도 났다간 추적자들에게 들킬지도 모른다.

"자, 닭꼬치 여기요. 장하네. 물건도 잘 살 수 있고."

"에헤헤! 고마워, 오빠!"

나이에 어울리게 티 없는 미소를 보여 주니, 왠지 모르게 마음이 푸근해졌다.

아직 혀가 짧은 어린아이를 상대하는 건….

"바이바이! 얼굴 조형에 어떻게 할 수 없는 결함을 가진 오빠!"

왜 거기서만 그렇게 달변이 되는 건데?! 대체 무슨 교육을 받으면서 자란 거야?!

제길! 왜 나는 다섯 살짜리 애한테 얼굴 조형으로 놀림받아야 하는 건데!

"흠. 키사라기 아마츠유여, 그대는 상상 이상으로 잘 일하고 있다."

나는 어떻게 할 수 없는 이 분노를 네게 터뜨리고 싶다.

"아니… 앞으로도 이런 식이면 일이 좀 껄끄러운데…."

"무슨 소리지, 키사라기 아마츠유. 그대라면 할 수 있다. 자신을 믿어라."

그 말, 그대로 고스란히 돌려주고 싶다….

하지만 이 모습을 보아하니 **그 이야기**는 사실이겠지~

그래, 사실 나는 이 일을 받기 전에 닭꼬치 노점 점주─모토키의 오빠에게서 어떤… 모토키의 중대한 결점에 대해 들었다.

그리고 그 결점을 극복했으면 한다기에 그녀와 같이 다니게 된 것이다.

"하지만 그대의 닭꼬치를 파는 자세는 제법 든든하다. 이렇다면 앞으로는 나의 방패로서…."

"아무래도 좋으니까 얼른 팔자. 내가 좀 급하다고."

"좋은 마음가짐이로군. 점점 더 마음에 들었다. 특별히 그대에게는 나를 별명으로 부르는 것을 허가하지. 내 이름 모토키(元木) 치후유(智冬)에서 성의 '木'과 이름의 '冬'을 합쳐 '히이라기(柊)*'라고 부르거라."

※히이라기(柊) : 호랑가시나무.

"그거 고맙네. 나는 풀네임 한자에서 '月'을 빼서 죠로라고 불리고 있어."

"흠, 죠로인가. 알았다. 죠로, 죠로, 죠로. 크크큭…."

얘 무섭다.

내 별명을 연호하면서 히죽히죽 웃고 있는데요?

아니, 이 애의 이름과 별명, 내 동급생이며 아르바이트하는 노점의 점장인 요우키 치하루… 츠바키와 비슷하잖아. 그쪽은 성의 '木'과 이름의 '春'을 합쳐서 '츠바키(椿)'인데.

"…왜 그대는 나를 별명으로 부르지 않지?"

위압적인 어조지만, 내가 별명으로 부르지 않는 게 슬펐는지, 어조와는 정반대로 서글픈 시선을 보냈다.

"딱히 깊은 의미는… 우왓! 갑자기 옆에 달라붙지 마!"

"부, 부르지 않는 건가? 나는 별명으로 불렀다! 즉, 그대도 불러야 한다! 아니면 내 별명을 부르는 게 싫은가?! 어서! …어서 어서!"

"시끄러! 알았어! 부르면 되잖아, 부르면! 잘 부탁해, 히이라기!"

"~~~~! 해, 해냈어~! 기뻐~~! …어흠, 음! 앞으로도 잘 부탁한다! 죠로!"

어른스러운 외모와 거만한 어조에서는 상상도 할 수 없는 티 없는 웃음을 보인 히이라기는 그대로 기쁜 듯이 가볍게 내 옆을 걷기 시작했다.

　꽤나 기분이 좋은지 콧노래까지 부르기 시작했다.

　"그럼 계속해서 팔아 볼까, 죠로여! 즐겁고 즐거운 판매의 시작이다!"

　물론 이다음에 나를 기다리는 것은 전혀 즐거운 판매가 아니었다.

　정말로 엄청 힘들었어….

　모든 건 이 히이라기라는 여자가 갖춘 엄청난 결점이 원인이었다.

　간신히 그사이에 썬에게 승부를 부탁했지만, 두 번 다시 이 녀석과 함께 물건을 팔고 다니는 짓은 사양하고 싶어.

　…어? 그 결점이 뭐냐고? …뭐, 그거지.

　이 히이라기라는 여자는 둘도 없는….

나는 적이 된다

제 1 장

여름의 잔재도 사라지고, 살짝 쌀쌀함을 느끼게 된 9월의 마지막 주.

왠지 여름 방학을 두 번 경험한 듯한 착각이 들지만, 그건 그거.

지금은 틀림없는 2학기고, 때는 방과 후. 현재 위치는 니시키즈타 고등학교 도서실.

거기서 내가 뭘 하고 있냐고? 뻔하지 않아?

"부디… 부디… 관대한 조치를….'"

강제로 바닥에 정좌를 하고 있어.

"죠로, 관대한 조치를 바란다면 그에 걸맞은 타협점이 필요하다고 생각해."

카와바타 야스나리의 『사체소개인』을 한 손에 들고 몹시 압박해 대는 이 양 갈래 머리 안경녀는 니시키즈타 고등학교 도서위원, 산쇼쿠인 스미레코… 통칭 '팬지'. 보다시피 아주 화가 난 모양이다.

"후슈루루루…. 난 아주 화났어! 죠로, 제대로 설명해!"

'후슈루루루'라는, 일상생활에서 별로 들을 기회가 없는 소리로 으르렁대면서 테니스 라켓을 내 안면에 lock on하고 있는 인물은 소꿉친구인 히나타 아오이… 통칭 '히마와리'.

설명할 수 있다면 이미 했을 거라고 말하고 싶은 심정일 따름이다.

"자, 자, 히마와리. 진정해 주세요. 사정을 듣든 안 듣든 죠로의 죄는 당연히 심판할 거니까요."

물리 법칙을 무시하고 포니테일을 곤두세운 채로 나를 노려보는 인물은 신문부인 하네타치 히나… 통칭 '아스나로'. 감정적이 되면 말투가 사투리로 변하는데, 지금은 지극히 냉정한 태도로 경어로 말하는 모습이 오히려 두려움에 박차를 가한다.

"으음… 아무리 죠로의 행동에 문제가 있었다고 해도, 너무 심한 짓을 하는 건 내키지 않아. …그래! 세 군데 정도 비틀어 버리는 건 어때?"

부드럽게 들리지만 부드러움이 전혀 느껴지지 않는 제안을 하는 인물은 학생회장인 아키노 사쿠라… 통칭 '코스모스'. 인체 중에 비틀려서 문제가 아닌 곳은 머리카락 말고 어디가 있지?

"매지컬 죠로♪ …죠로라고 말하면 죽인다♪"

"죽인다고 말하면 죠로♪"

"죠로라고 말하면 불태운다♪"

"불태운다고 말하면 죠로♪"

덤으로 최근 도서실 업무를 도와주는 카리스마 그룹 애들도 격노.

전부터 신경 쓰이긴 했는데, 애네들은 정말로 나랑 같은 세대 맞나?

꽤나 옛날 느낌의 게임을 enjoy하고 계시는 것 같은데….*

"저기, 다들. 죠로도 반성하고 있으니 여기선 온당하게 가자. 찌릿찌릿한 분위기도 좀 그렇잖아? 사고라는 측면도 있고!"

그렇게 고립무원인 나에게 유일하게 구원의 손길을 뻗어 주는 인물은 야구부의 에이스이자 내 최고의 친구인 썬＝오오가 타이요다.

여자애들과 나 사이에서 두 팔을 펼치며 선 모습은 왜 이리 멋진 걸까.

역시 히로인을 구하는 것은 주인공의….

"썬, 아무리 사고라고 해도 '업무상 필요한 주의를 게을리하여 사람에게 사상을 입힌 자는 5년 이하의 징역 혹은 구금형 또는 백만 엔 이하의 벌금에 처한다. 중대한 과실로 사람에게 사상을 입힌 자도 같다'라고 일본의 법률로 정해져 있어."

"형법 제211조 제1항…이라니! 죠로… 미안해!"

애초에 나는 히로인 위치가 아니니까 구할 수 없지. 참 빡빡한 세상이다.

어느 틈에 육법전서를 손에 든 팬지가 날린 업무상과실치사상죄 앞에 안타깝게도 녹아웃. 풀썩 하고 한쪽 무릎을 지면에 꿇었다.

의외로 내 베프는 법률에도 해박한 모양이라 조금 놀랐다.

※꽤나 옛날 느낌의 게임~ : 1990년대에 닛테레 계열 채널에서 방영한 프로그램 〈매지컬 바나나〉에서는 '**라고 하자면 &&'라는 패턴의 노래를 이어 나가는 연상 게임을 했다.

"썬은 저쪽! 지금은 우리가 죠로랑 이야기하고 있어!"

"맞습니다! 썬은 이야기가 끝날 때까지 야구부 동아리방에서 근육 트레이닝이나 하고 있으세요!"

"……네, 잘못했습니다. 야구부 동아리방에서 근육 트레이닝이나 하고 있겠습니다…."

유일한 아군이 도서실에서 추방당했다. 난 울상이다.

뭐, 이런 카오스 상황이 된 것에는 물론 원인이 있다.

갑작스럽게 도서실에 나타난 모토키 치후유… 히이라기라고 불리는 소녀.

이 여자는 나와는 다른 반… 팬지네 반에 나타난 전학생인데, 사실은 이전에 조금 면식이 있었다. 하지만 그 사정은 생략. 이미 조금 전에 했고.

그리고 여기서부터는 나도 몰랐던 사정인데, 바로 이 히이라기는 나와 같은 반이며 내가 아르바이트 하는 '따끈따끈한 튀김 꼬치 가게'의 점장이기도 한 소녀… 츠바키=요우키 치하루와 운명의 꼬치로 꿰인 라이벌 관계였다.

그런 라이벌들은 만나자마자 서로 눈씨름을 벌이면서 '다시 한번 우리의 성전이 시작되는 것이다!', '너는 또 무의미한 피를 흘리려는 걸까?' 같은 판타지스러운 말싸움을 벌이면서 세계관을 팍팍 파괴하였다.

솔직히 그런 분위기를 따라갈 수 없었지만, 두 사람의 문제려니 하고 남의 일로만 생각한 순간 내 운이 다했다.

'어느 쪽이 나를 아르바이트로 고용하는지 정한다'는 승부가 원인이었는지, 츠바키와 히이라기는 '성전을 시작하는 의식'이라는 말로 나란히 내 입술에 각각 자기 손등을 갖다 댔던 것이다. 즉, 키스…라는 게 된다.

그리고 두 사람은 그대로 우리가 있는 독서 스페이스에서 떨어진 곳으로 가서 성전이란 놈을 시작했는데, 그렇다고 이쪽에서는 '잘 다녀오세요' 하고 끝날 수 있는 게 아니지.

그 현장을 여자애들이 똑똑히 목격했으니까.

그리고 당연하게도 모두 대분노. 나는 지금 이 꼴이 되었다.

하지만 놀랐어…. 올해 여름 축제에서 츠바키에게 '닭꼬치집을 하는 라이벌이 있다'라는 말을 들었지만, 설마 그게 히이라기라니~

세상은 넓어 보이지만 의외로 좁을 때가 있네! 정말로 놀랐어!

하지만 더 놀라운 것은….

"왜… 왜지~…. 이번에는 이길 수 있었는데~…."

마하에 터보로 졌다고. …그 라이벌이.

성전이 시작되고 잠깐 눈을 뗀 사이에 승패가 결정 났습니다만….

"상대가 안 된달까."

"아우우~…. 분하다~…."

의기양양한 츠바키와 소스 범벅이 되어서 바닥에 푹 쓰러지는 히이라기.

성전 편 완결인가, 빠르군.

뭐, 소스 범벅은 넘어가고, 마땅한 승패 결과이기는 합니다만.

아무래도 듣자하니, 츠바키와 히이라기는 지금까지 몇 번이나 성전이란 걸로 싸웠지만, 히이라기가 이긴 적은 한 번도 없는 모양이다. 참고로 그 패배의 숫자는 바로 151번.

아, 이번 것도 넣으면 152번인가. 기록 갱신 축하해.

그리고 그렇게 패배가 계속된 히이라기가 츠바키에게 승리하기 위한 기사회생의 수로 생각한 수단이 '키사라기 아마츠유를 방패 삼아서 츠바키와의 성전에 도전한다'였다.

도무지 무슨 소린지 알 수 없지만, 자세히 들어 보니 나를 히이라기가 일하는 '씩씩한 닭꼬치 가게'의 아르바이트생으로 고용해서 클레임 처리 담당으로 두려고 했다나 보다.

아마도 거기까지 준비를 갖춘 뒤에 츠바키가 일하는 '따끈따끈한 튀김꼬치 가게'에 매상 승부라도 걸 생각이었겠지. …하지만 히이라기의 그 계획은 실패.

나는 이미 츠바키의 가게에서 일하고 있기 때문이다.

그래서 히이라기는 나를 자기 노점에 고용하기 위해 성전을 청했는데… 애초에 츠바키에게 못 이기니까 아군을 얻으려고 한 건데, 아군을 얻기 위해 츠바키에게 도전하다니 수단과 목적이 성대하게 뒤바뀌었지?

그런데 본인은 그걸 모른 채 도전했다가 멋지게 침몰한 것이지만요.

"그런 모두에게 돌이가지."

바닥에 푹 쓰러진 히이라기의 교복을 덥석 움켜쥐고 질질 끌어 이쪽으로 돌아오는 츠바키의 압도적인 관록이란. 멋지고 행동력 있는 여자란 바로 이런 거지.

"하뮤우~….."

반대로 라이벌의 관록 없음이 장난 아니다.

보통 나중에 나타난 라이벌은 상위 호환 아닌가? 장난 아니게 약하잖아.

"죠로, 기다렸지. 지금 이것저것 끝나서… 아니, 너는 왜 정좌를 하고 있는 걸까?"

"너희들의 행동에서 기인했다는 걸 알아준다면 고맙겠어."

"아, 그런 건가."

눈치가 빨라서 고맙다. 얼른 좀 도와줘.

"츠바키, 어떻게 된 일인지 설명해 줄 수 있을까? 왜 너희는 죠로에게… 자, 자기 손등에, 키… 키키키… 키스를 받은 거지?! 다음에 내가 받을 예정이었는데!"

어이, 코스모스. 후반에 이상한 예정을 끼워 넣지 마.

"으음, 나와 이 녀석은 지금까지 뭔가를 걸고 많은 성전을 벌여 왔달까."

왜 승부를 일부러 '성전'이라고 부르는지, …신경 써 봤자 소용없나.

"그리고 그때의 규칙으로, 손등을 대는 것을 걸었달까. 이번에는 죠로를 건 성전이었으니까 죠로의 입술에 손등을 댄 거랄까."

츠바키는 평소에는 누구보다도 차분한데, 때로는 엉뚱한 행동을 하니까 무섭다.

"그런 거였군. 납득은 할 수 없지만, 이해는 했어."

아직 퉁명스러운 기색이지만, 팬지나 다른 사람들은 츠바키의 설명으로 이해해 준 모양이다.

부조리한 폭력에 당하지 않아도 될 듯하니 일단 안심.

"응. 모두의 기분을 상하게 해서… 미안해."

얌전히 꾸벅 사죄를 하는 츠바키. 사과해야 할 때 할 수 있는 것도 착실한 사람이라는 증거로군.

"자, 히이라기. 너도 사과해. 그리고 자기소개."

"우, 우누우…."

츠바키의 재촉에 부스스 일어서는 히이라기. 소스 냄새가 장난 아니다.

그리고 그대로 여자애들을 보나 싶더니 츠바키를 노려보고,

"왜 내가 그런 짓을 해야 하는 거냐! 그대의 지시 따윈…"

"성전에서 패한 자는?"

"…큭! 승자의 어떤 명령에도 따른다…인 것이다…."

"응. 잘 알고 있네. 그럼 얼른."

"근소한 차이로 이긴 주제에 잘난 척은…."

확고한 차이로 진 주제에 잘난 척은….

"나, 나… 나는 모토키 치후유, 이, 다. 폐를 끼쳐서… 미안하다…인 것이다…."

부들부들 몸을 떨면서 자기소개와 사죄를 하는 한심함이란.

이러고도 라이벌이라고 한단 말인가.

"정말로 하나도 변하지 않았달까…. 하아… 한심하달까…."

정말 그래.

"저기, 모토키… 당신, 전학 왔을 때와 비교해서…."

팬지는 아무래도 히이라기의 분위기가 마음에 걸리는지 살짝 눈썹을 실룩였다.

"음? 무엇이냐?"

"아니, 아무것도 아냐."

"알았다."

반대로 팬지의 말에 히이라기는 주먹을 움켜쥐고 몸을 떨었다.

이 두 사람, 같은 반인데… 앞으로 괜찮으려나?

뭐, 됐어. 아무튼 용서받은 모양이니 나도 슬슬 일어나서….

"죠로! 여기! 여기가 비었어!"

최근 우리 학생회장이 어린애가 된 것 같아서 심각하다.

아주 천진난만한 얼굴로 이리 오라고 손짓하고 있다고….

그럼 코스모스의 곁으로 가 볼까.

"덧붙이자면 히이라기는 '씩씩한 닭꼬치 가게'에서 일하고 있
달까. 예전부터 묘한 인연이 있어서, 나와는 조금 아는 사이. 한
자 이름의 '木'와 '冬'을 붙여서 '히이라기(柊)'랄까."

라이벌이라기보다는 완전히 언니네. 좀 못난 동생을 둔 언니.

"그렇구나! 잘 부탁해, 히이라기! 난 히마와리야!"

"나는 이 학교에서 학생회장을 맡은 아키노 사쿠라야! 잘 부탁
해, 히이라기!"

"신문부의 하네타치 히나입니다! 히이라기…라고 부르면 되겠
죠? 잘 부탁합니다!"

"……흐, 흥!"

우와, 이건 좀 심하다.

히이라기 녀석, 세 사람이 자기소개를 했는데도 대답도 하지
않고 고개를 휙 돌렸어.

뭐, 그렇게 되나…. 그렇게 되겠지….

아까 츠바키가 한 말을 따라 하는 건 아니지만… 정말로 하나
도 변하지 않았네….

"어어… 츠바키와 히이라기는 이전부터 사이좋았어?"

히이라기의 태도에 곤혹스러워진 코스모스가 츠바키에게 말

을 붙였다.

아마 묘하게 무거운 이 분위기를 어떻게 하고 싶었던 거겠지.

"코스모스 선배, 그건 아니랄까. 나와 히이라기는 사이좋은 게 아냐."

"어? 하지만 지금 소개도 했고…."

"그냥 좀 오래 알고 지낸 사이. 히이라기는 친구도 뭣도 아니랄까. 난 히이라기를 싫어하고."

"어. 그, 그렇, 구나…."

네. 분위기가 더 무거워졌습니다.

엄하긴 해도 자상한 츠바키가 이렇게까지 딱 부러지게 '싫어한다'고 말하는 일은 좀처럼 없지….

"우우우…. 죠로…. 어떻게 해…."

"모르겠습니다."

코스모스, 울상을 하고 내 교복을 잡아당겨도 아무것도 해결되지 않아.

나도 이 무거운 분위기에 곤혹스러운 심정이라고.

"우으으윽! 역시 납득할 수 없다! 츠바키, 다시 한번 성전이다!"

분위기 못 읽는 녀석은 대단해.

"하아. 정말로 너는 매번, 매번 그렇게 질리지도… 아, 그렇지. 좋은 생각이 떠올랐달까."

정말로 '좋은 생각'이야, 그거?

"히이라기. 난 슬슬 너랑 놀아 주기도 지겹고, 다음으로 끝을 내고 싶달까."

"호오···. 배수의 진으로 나에게 도전한다는 것인가?"

확실히 다가오고 있어. ···네 종말이.

"하지만 마지막에 어울리는 게 아니면 나는 납득할 수 없도다. 적당히 갖다 붙인 내용이라면 나는 몇 번이라도 그대의 앞에 나타난다!"

역시나 닭꼬치 노점 딸. 화염과 함께 되살아나는 불사조··· 피닉스 같은 발언이다.

"응. 물론 마지막에 어울리는 최고의 무대에서, 최고의 성전을 벌일 예정이랄까. 보통 성전이면 내가 이길 테니까. 네가 이길 수 있는 최소한의 조건을 갖춘 것으로 할 예정이랄까."

보통 성전이란 건 뭔데?

난 인생에서 성전과 엮인 게 이번이 처음이거든?

"최소한의 조건을 갖춘 것? 츠바키여···. 꽤나 나를 얕보는 모양이로군?"

얕보는 게 아냐. 적절하기 짝이 없는 조치야.

"그 정도로 내가 그대에게 이길 수 있다고 생각하지 마라! 마지막이라고 한다면 내가 압도적으로 유리한 조건의 성전을 희망하는 바이다!"

희망하지 마.

"괜찮아. 네가 제대로만 하면 이길 수 있는 찬스는 충분히 있달까."

"…흠. 그렇게까지 말한다면 양보해 줄까."

양보받는 건 너라고.

"그럼 확인해야겠지. …저기, 코스모스 선배?"

"나 말이야? 뭐, 뭔데, 츠바키?"

"다음 주 토요일에… 숙명에 이끌린 위대한 백성, 홍련과 순백의 전사로 나뉘어서 서로의 힘과 기량을 겨루는 때… '올림피아의 연회'가 있지 않은가?"

체육제 말이군.

너희들, 그렇게 괜히 멋진 말로 표현하지 않으면 말을 못하는 병이라도 걸렸냐?

"그, 그래. 어지간히 날씨가 나쁘지 않다면 그럴 예정인데…."

코스모스, '올림피아의 연회'에는 노 터치로군. 성전 월드에 돌입하는 것을 꺼리는 기색이다.

"그럼 거기서 나와 히이라기가 각자 노점을 여는 일은 가능할까?"

"어? 노점?"

"응. 나의 '따끈따끈한 튀김꼬치 가게'와 히이라기의 '씩씩한 닭꼬치 가게'. '올림피아의 연회'에 이 두 노점을 냈으면 하는데,

안 될까?"

과연. 체육제에서 튀김꼬치 노점와 닭꼬치 노점의 매상 승부를 벌이겠다는 거로군.

그거라면 서로의 특기 분야고, 히이라기에게도 승리할 가능성은 있다…. 하지만 노점을 내는 건 어렵지 않나? 여러 허가가 필요할 테고, 그렇게 쉽게 할 수 있는 일이….

"그거라면 문제없어! 이런 일도 있지 않을까 싶어서 만일을 위해 허가를 전부 받아 놨으니까! 마침 어떤 분위기가 될지 확인하고 싶었으니까, 아주 고마운 제안이야!"

"고마워, 코스모스 선배. 나도 도움이 되었달까."

이미 받아 놨냐! 역시나 슈퍼 학생회장. 편의주의에는 정말 빼놓을 수 없는 존재다.

"다만 노점을 낼 경우에는 이 종이에 참가자의 이름, 어떤 상품을 낼 것인가, 조리 수순과 재료를 적어서 제출해야 하는데, 그걸 확실히 지켜 줄 수 있을까?"

"응. 알겠어."

준비성 좋은 코스모스가 꺼낸 종이를 두 장 받는 츠바키.

그대로 한 장을 히이라기에게 내밀었다.

"자, 이건 네 몫."

"수고가 많다."

왜 이 여자는 이렇게까지 거만해질 수 있는 거지?

"히이라기, 이제 알았겠지? 나와 너의 마지막 성전이 무엇인지…."

"정말 어리석은 수단으로 나왔군, 츠바키여…."

적절한 수단이야.

너는 아까부터 허세 부리는 것만큼은 대단하다, 어이.

"응. '올림피아의 연회'에서 각자 노점을 낸다. 거기서 많이 판 쪽이 성전의 승자일까."

"크크큭…. 실력 발휘 좀 하겠군."

"참고로 노점 일을 거들 수 있는 건 학생뿐이야. 우리의 성전에 어른들이 개입하는 건 꼴사납달까."

"어리석고 말할 가치도 없도다!"

멋지게 돌려 말하는 것만큼은 대단하네. 그것만큼은.

히이라기여. 개인전보다는 기회가 있을 거라 생각하지만, 그래도 여전히 압도적으로 불리한 상황이란 걸 깨닫고 있어? 너는 오늘 막 전학 온 전학생이라고.

"그럼 다음 주 토요일! '올림피아의 연회'에서 그대와 결판을 내는 것이다! 이번에야말로… 이번에야말로 내가 이기고 말것이다!"

어디서 꺼낸 건지 모를 꼬치를 츠바키를 향해 처억 내미는 히이라기.

이미 패배의 냄새밖에 나지 않는다.

"그럼 제대로 덤비도록 해. 나도 봐주지 않고 전력으로 가도록 할 테니까."

츠바키 씨, 조금은 살살 해 주시죠. 아마 그래도 네가 이길 테니까.

애초에 봐주지 않고 전력으로 뭘… 응?

왠지 츠바키가 실실 웃으면서 이쪽을 보는데….

"…저기, 히마와리, 코스모스 선배, 아스나로, 팬지, 죠로. 내 노점을 도와주지 않겠어?"

정말로 인정사정없네! 이 녀석, 진짜로 히이라기를 완전히 짓밟을 생각이야….

"노점! 재미있겠어! 나 해 보고 싶어!"

"나도 상관없어! 오히려 그런 경험은 한 번도 없었으니까, 꼭 참가시켜 줘!"

"물론 저도 하겠습니다! 맡겨 주세요!"

"고마워, 히마와리, 코스모스 선배, 아스나로."

아, 이거 안 좋은데…. 운동 신경 발군인 히마와리, 두뇌가 명석한 코스모스, 정보의 전문가 아스나로…. 순식간에 치트 캐릭터가 세 명이나 츠바키 쪽에 붙었다.

"나는 사양하도록 할게. 잘 모르는 사람하고 엮이는 건 좋아하지 않아."

"음. 아쉽지만 알았달까."

팬지는 참가하지 않나. 조금 예상 밖…도 아닌가.

노점처럼 불특정 다수의 사람들과 마주치는 일을 이 녀석이 솔선해서 할 것 같진 않다.

다행이군, 히이라기.

팬지까지 츠바키에게 붙었으면 네 승산은 완전히 소멸했어.

"그럼 남은 건 죠로뿐인데…."

"미안, 나도 안 할래."

"에이! 죠로도 같이 하자! 분명 재미있을 거야!"

"그렇습니다! 저도 죠로와 함께 하는 게 좋습니다!"

"뭐?! 죠로는 참가하지 않는 거야?! 그럼 나는 대체 누구랑 서로 튀김꼬치를 먹여 주는…. 기대하고 있었는데…."

실망하지 마.

왜 코스모스는 아까부터 개인적인 희망을 섞어 넣으려는 거지?

"아니, 참가하지 않는 건 아냐."

세 사람의 질문에 대답하면서 나는 척척 이동.

그리고 츠바키를 똑바로 노려보면서 가슴을 떡 편 히이라기의 옆에 서서,

"나는 이쪽으로 참가하지."

네 사람을 똑바로 바라보면서 그렇게 말했다.

"오오! 죠로! 그대가 아군이 되어 줘서 기쁘다!"

신나서 말하는 건 좋지만, 너무 달라붙지 마.

너, 소스 냄새 나니까.

"왜 내가 아니라 히이라기인지 이유를 가르쳐 줄 수 있을까?"

윽! 왠지 츠바키가 똑바로 노려보면서 말하면 긴장이 되는데….

"히이라기는 오늘 막 전학 와서, 친구도 없잖아? 그럼 전부터 조금 아는 사이인 나 정도는 최소한 이 녀석을 거들어 주는 게 좋지 않을까 싶어서. 게다가 예전에 신세 진 은혜도 좀 갚고 싶었고."

"음. …그거라면 납득된달까."

그거라면…인가. 일단 납득해 준 모양이지만, 도저히 안심할 수 없어….

"츠바키! 죠로는 내 편이도다! 메롱, 메롱이다!"

"죠로 한 명 붙은 정도로 나에게 이길 수 있다고 생각하지 않는 게 좋달까."

정말로 츠바키의 말이 옳다.

하지만 그래도 내가 히이라기에게 붙은 이유는 츠바키에게 말한 사실 외에 또 하나가 있다.

히이라기는 여러 문제가 있지만, 본인 나름대로 성실하지.

압도적인 실력 차가 있는데도 불구하고 열심히 츠바키에게 이기려는 마음.

뭐라고 할까… 그게 내 마음을 울린 거야.

히이라기는 오만하고 횡포나 부리는 녀석같이 보일지도 모르지만, 사실은 아니다. 그저 너무 순수하고 서툴게 살 수밖에 없을 뿐이다. 그걸 잘 아는 사람은 지금 이 자리에서 나뿐이다.

그러니까 설령 언 발에 오줌 누기라도, 승산이 없어도, 아르바이트를 못 하는 만큼 하다못해 두 사람의 승부 때만이라도 히이라기의 편을 들어주고 싶었다.

열심히 해 보자… 히이라기.

라고…………………… 내가 말할 줄 알았냐아아아아아아아아아!!

그럴 리가 없잖아!!!! 그런 이유로 도울 만큼 내가 호인일 리가 없잖아!!

물론 나는 모든 것을 계산하고 히이라기의 편에 붙었다! …그것은 무엇이냐?!

그 답은 바로! 아까 츠바키와 히이라기의 대화에 있다!

'성전에서 패한 자는?'

'…큭! 승자의 어떤 명령에도 따른다…인 것이다….'

그래! 이겁니다! 이거!

히마와리, 코스모스, 아스나로가 츠바키의 팀에 들어간 시점에서 나는 깨달았다!

혹시 히이라기가 이기면… **네 명의 미소녀가 내게 절대복종하게 된다**는 사실을!

그러면… 과거의 내가 바로 코앞까지 갔으면서도 이룰 수 없었던 장대하고 순정적인 야망을 이번에야말로 이룰 수 있다!

…어? 그게 뭐냐고? 어이어이, 다들 벌써 잊어버린 거야?

그럼 어쩔 수 없지!

다시 그때… 지역 대회 결승전에서 내가 했던 말을 전해 주도록 하지!

'월요일은 코스모스 회장, 화요일은 히마와리, 수요일은 아스나로, 목요일은 팬지. 이걸로 다들 평등해! 어때? 이상한 거 하나 없지?'

이거다아아아아! 말해 두겠는데 나는 이 합법 하렘을 전혀 포기하지 않았으니까!!

지역 대회 결승전에서 호스와의 승부에서 이긴 내가 상으로 받으려고 했던 위대한 청춘 쥬브나일(juvenile)*! 그때는 참 기이하게도 왜인지 모두에게 거절당하는 괴기 현상을 만났지만, 이번에는 그렇게 안 된다! 반드시 내 요구를 수용하게 하겠어!

애초에 전부터 생각한 건데, 나를 너무 막 대하는 거 아냐?

그러니까 목표는 일발역전(一発逆転)!

압도적 강자의 입장! 그리고 고분고분한 히로인!

츠바키에게 승리하여 나는 이 두 가지를 손에 넣겠다!

대신 히이라기가 졌을 경우에는 내가 궁지에 몰릴 가능성이 있긴 하지만… 걱정할 것 없어! 물론 그것도 염두에 두고 있지! 바로…

"저기, 코스모스 선배, 아스나로! 노점에서는 어떤 일을 하는 거야? 난 해 본 적 없으니까 기대돼!"

"나도야, 히마와리! 판매를 위한 전략을 세우고 시식회를 하

※쥬브나일 : 사전적 의미로는 '소년기'이지만, 10대를 대상으로 하는 장르를 뜻하는 수사어.

고, 생각만 해도 두근거리네!"

"후후훗! 전단 제작이라면 제게 맡겨 주세요! 모두가 흥미를 가질 수밖에 없는 멋진 전단지를 만들어 오겠습니다!"

이렇게 코스모스 일행은 성전의 진실을 요만큼도 깨닫지 못했다!

훗…. 가끔은 승산이 거의 없는 싸움에 도전하는 것도 나쁘지 않군….

아니, 져도 아무런 문제가 없잖아! 그리고 이기면 천국이라니 최고잖아?

"에헤헤! 죠로, 난 안 질 거니까! 힘내자~!"

"그래! 정정당당, 정면 승부를 하자! 히마와리!"

우케케! 최근 예상 밖의 트러블과 너무 많이 만나서 욕망에 충실한 내가 얌전히 있었던 덕을 보았군. 다들 기가 막히게 방심했어!

"죠로여, 우리는 둘이서 작전 회의를 하도록 하자. 여기서 이동하지. 어서, 어서어서."

내 교복을 쭉쭉 잡아당기지 말아 줘, 히이라기.

"알았어. …그럼 따라와."

"음. 사람이 아무도 오지 않는 곳으로 데려가 주는 것인가? 아무도 오지 않는 곳에?"

"그래그래…."

아무튼 히이라기에게도 물어볼 것이 많으니, 얼른 이동할까.

※

"여기라면 사람은 절대로 안 와."

"…호오."

내가 히이라기를 데려온 장소는 옥상.

대부분의 동아리 활동이 끝나고, 학생이 거의 하교한 지금 시간대라면 고백이라도 하려는 학생이 있지 않는 한 틀림없이 아무도 오지 않는다. 실제로 아무도 없고.

"흠. 전망도 좋고, 멋진 장소다."

오늘 처음 온 학교의 옥상을 자기 것인 듯 거만하게 걷는 히이라기.

공들여서 주변을 잘 둘러보고 사람이 없는 것을 확인했다.

…자, 그러면 슬슬 내막을 공개하는 시간으로 들어갈까.

모토키 치후유… 히이라기라고 불리는 여자의 안타깝기 그지없는 결점.

이렇게 말해도 지금까지의 분위기를 보고 이미 알 사람은 다 알아차렸을지도 모르겠군.

뭐, 말하자면 말이지. 이 히이라기라는 녀석은….

"하아아아아아아! 긴장했어어어어어! 무서웠어어어어어어!!"

정말 기가 막힐 정도로 낯을 가린다.

빵빵하게 부풀었던 풍선에서 공기가 빠져나가듯이 푸슈욱 하고 긴장감이 빠진 건지, 자신만만하고 잘난 척하던 날카로운 눈은 단숨에 둥글둥글하게 어린 티 나는 눈으로 변하고, 방금 전까지 가슴을 펴고 있었으면서 지금은 그 자리에 주저앉아서 무릎을 끌어안고 있다.

"무서워! 무서워! 모르는 사람이 많으면 무서워! 집에 가고 싶어!"

이게 히이라기의 정체. 겉모습이나 태도를 보고 자존심 강한 사람이라고 생각하기 쉽지만, 전혀 그렇지 않다. 한심하다는 표현의 정도를 벗어난 여자다.

"우우~! 그렇게 사람들 많은 곳에서 말했더니 속이 안 좋아~ 죽겠어~"

물론 방금 전까지의 거만한 말투도 모두 가짜.

지금 이 한심하고 애 같은 말투가 진짜 히이라기다.

성격은 완전 겁쟁이.

첫 대면인 상대와는 제대로 대화도 할 수 없고, 옆에 가기만 해도 도망친다.

그런 주제에 혼자 있는 상황을 극도로 두려워하며 심각하게 외로움을 타는, 진짜 귀찮은 녀석이다.

그럼 왜 방금 전 도서실에서 그렇게 거만한 태도와 콧대 높은 어조로 있었느냐 하면 말이지…. 이 녀석의 오빠가 말하기로 히이라기는 '억지로라도 그래야만 할 때'에는 스스로를 고무하기 위해 그런 태도가 된다는 모양이다.

아, 일단 오해가 없도록 말하는데, 딱히 히이라기는 이 사실을 숨기는 게 아니니까.

아니, 자기 본성을 숨길 수 있을 만한 스펙이 이 여자한테는 없다.

"하아~! 역시 이 자세가 제일 마음 편해~!"

무릎을 끌어안고 흔들흔들 앞뒤로 몸을 흔들면서 만족한 눈치인 히이라기.

글래머러스한 가슴이 눌린 모습이라서 시선을 주기 곤란하다.

조금은 자기 몸매나 어른스러운 외견을 자각해 주었으면 좋겠는데.

"죠로, 오랜만이야! 날 기억해 줘서 고마워!"

뻣뻣하고 엄격한 표정이 변하더니 티 없는 미소를 보여 주었다. 귀엽다.

정말이지 겉모습은 괜찮아.

그 속은 어디의 야구부 매니저를 능가하는 기세로 엉망이지만.

"그야 너 같은 녀석을 잊어버린다는 게 무리지. 뭐… 오랜만."

"응! 전학은 항상 싫었지만, 이번에는 죠로가 있다고 오빠가 그래서 기대했어! 여기는 멋진 학교야!"

참고로 왜 낯가림하는 히이라기가 나에게는 이렇게 편한 태도로 대하느냐 하는 이유 말인데…. 이 녀석과 처음 만난 올해 지역 대회 결승전 때문이다.

그때 히마와리와 코스모스에게서 도망치기 위해 이 녀석의 오빠가 하는 닭꼬치 노점에 숨었는데, 그때 나는 너무 달리는 바람에 체력이 바닥난 상태였다.

덕분에 완전히 한심한 꼴로 땅에 푹 쓰러져 있었지.

그 모습을 본 히이라기는 나를 '무섭지 않은 사람'으로 판단한 모양이다.

그 이후로 왠지 날 따랐다. 그리고 그 결과 이 녀석의 오빠에게 히이라기의 낯가림 개선을 위해 같이 닭꼬치를 팔고 와 달라는 부탁을 받았다.

참고로 그 성과 말인데…. 내가 호스와의 승부에 이기기 위해 머리핀을 가져와 달라고 부탁했더니 '사람이 많이 있는 곳에 가는 건 무서워! 죽을 거야!'라면서 딱 잘라 거절한 것을 보고 이해해 주면 고맙겠다.

"사실은 전학 와서 곧바로… 아침에 만나러 갔어! 하지만 죠로는 항상 누구랑 같이 있어서, 말을 걸려고 해도 계속 그럴 수 없었어! 너무 외로웠어!"

"그거 아쉽군."

"하지만 방과 후가 되어서 더는 못 버틸 것 같으니까 열심히 죠로를 찾아서, 그렇게 사람이 많은데도 말을 걸었어! 나 열심히 했어!"

무릎을 껴안은 채로 슬금슬금 내 옆으로 다가왔다. 그러더니 무슨 고양이처럼 내 다리에 얼굴을 비비는 히이라기. 아마도 칭찬해 달라는 거겠지.

"그래, 장하구나, 장해. 애썼어."

요청에 응해 머리를 쓰다듬자, 생각 이상으로 머리카락이 부드러워서 쓰다듬는 나도 기분이 좋았다.

이거 꽤나… 아니, 상당히 창피한 상황인데….

"흐흥~! 더 칭찬해~!"

히이라기는 그런 걸 별로 개의치 않나….

꽤나 기쁜 듯이 웃고 있고.

"츠바키가 있는 앞에선 추태를 보일 수 없으니까 당연해!"

이미 더 없을 정도로 보였는데?

"그러고 보면 왜 히이라기는 그렇게 츠바키와의 승부에…."

"성전이야!"

"…왜 츠바키와의 성전에 집착하는 거야?"

그리고 왜 성전이라는 호칭에 집착하는 거야?

"죠로는 모르겠지만, 사실 나와 츠바키 사이에는 예사롭지 않

않게 엮여 온 역사가 있어….”

“지, 진짜냐….”

모를 거라고 생각했냐….

“츠바키와 히이라기…. 튀김꼬치와 닭꼬치라는 상반된 집안에
서 태어난 두 사람. 튀김꼬쳐와 꼬치스탄… 다툼을 강요하고, 증
오를 서로 나누고, 미친 운명에 희롱당하는 두 사람….”

말이 참 거창하고 길다.

“옛날에 두 사람은 그럭저럭 친했어…. 양쪽 집안이 서로 친했
어.”

어? 그래? 분명히 예전부터 집안끼리 사이가 나쁜 줄 알았는
데, 그것도 아니었나. 하지만 츠바키는 분명히 ‘싫어한다’고 말
했지?

“양쪽 다 전학을 자주 다녔지만, 신기한 인연이라서 항상 같은
곳. 예전에는 츠바키랑 같이 있지 않은 날이 적었을 정도야. 츠
바키랑 보낸 시간은 아주 즐거웠어.”

“그래. 사이좋았구나.”

지금 분위기를 보면 믿을 수가 없는데….

“그래! 곧잘 비교당해서 좀 그랬지만, 아주 사이좋아! 난 츠바
키에 대해 누구보다도 잘 안다는 자신이 있어!”

엄청 행복하게 웃는군.

아마 히이라기에게 츠바키와 보낸 시간은 보물과도 같은 것이

겠지.

"예전부터 츠바키는 똑 부러진 사람이라서, 모두가 곤경에 처했을 때면 솔선해서 도우러 가는 든든한 사람이었어! 보통 여자애인 나랑 나른, 특별한 여자애야! 그런 츠바키의 곁에 있기만 해도, 나도 자랑스럽고, …아주 행복한 시간이었어!"

보통 여자애? 누가?

"하지만 그런 행복한 시간은 오래 계속되지 않았어…."

전제가 참 길다.

"그건 내가 중학생이 되고 조금 지났을 무렵…. 갑자기 츠바키한테서 '더 이상 너와 나는 친구가 아니라고나 할까'라는 말을 들었어…. 그리고 츠바키는 나랑 같이 있어 주지 않았어."

"그거, 무슨 이유가 있는 거 아냐?"

아니, 분명히 있을걸. 츠바키가 갑자기 그런 말을 할 리가 없고.

하지만 히이라기 본인은 모르고 있겠지! 고개를 설레설레 내저었다.

"이유는 전혀 몰라…. 숙제를 까먹었을 때는 츠바키의 노트를 몰래 베끼고, 츠바키가 먹으려고 남겨 둔 쇼트케이크의 딸기를 먹고, 츠바키가 '다음에 볼까'라면서 기대하던 옛날 영화… 〈식스 센스〉랑 〈파이트 클럽〉의 엔딩을 가르쳐 주면서, 즐겁고 사이좋게 함께 지냈을 텐데 대체 왜…?! 우우우!"

좀 알아먹어라.

〈식스 센스〉랑 〈파이트 클럽〉의 엔딩을 가르쳐 주다니… 그건 사형감이야.

"일단 묻겠는데…. 그 이외에 츠바키랑 **즐겁게 지냈던** 적은 있어?"

"그 이외에는 항상 내 고민을 들어 줬어. 특히나 중학생 때부터는 '최근 가슴이 커져서 귀찮아. 츠바키가 부러워'라고…."

그거네. 그게 베스트 오브 원인이야.

설마 자각 없이 츠바키의 유일무이한 결점을 찌르고 들다니….

"그렇게 츠바키가 싫어하니까 너도 싫어져서 성전이란 걸 벌이게 된 거야?"

"아냐! 나는 지금도 츠바키를 정말로, 정말로 좋아해! 착한 츠바키, 착실한 츠바키, 뭐든지 할 수 있는 츠바키. 아주 소중한 사람이니까…."

히이라기가 강한 결의를 담은 눈동자로 나를 바라보았다.

"츠바키랑 또 친구가 되기 위해서 츠바키에게 이길 거야! 성전에서 이기면 상대에게 뭐든지 명령할 수 있어! 그러니까 츠바키에게 이겨서 부탁하는 거야! '또 내 친구가 되어 줘'라고!"

그래서 히이라기는 몇 번을 져도 츠바키에게 계속 도전했나.

츠바키랑 다시 친구로 돌아가고 싶다는 순수한….

"그럼 또 나는 츠바키의 도움을 받으면서 즐거운 학교생활을 보낼 수 있어!"

그냥 기생충이잖아.

나도 남한테 뭐라고 할 처지는 아니지만, 히이라기도 많이 심하군.

"그러니까 죠로. 나한테 협력해 줘! 이번 성전은 첫 단체전! 죠로가 함께 싸워 주는 건 아주 기쁘지만, 아직 사람이 부족해!"

"그래, 그거라면 안심해. 제대로 도울 테니까."

주로 내 왕도적 청춘 쥬브나일을 위해서.

크크큭… 녀석들은 모르겠지.

히이라기는 한심하기 짝이 없지만, 얘가 만드는 닭꼬치만큼은 장난이 아냐.

이전에 먹었을 때… 그건 츠바키의 튀김꼬치에 필적하든가 그 이상의 맛이었다.

다시 말해서 노점 승부라면 아직 승리의 실은 이어져 있다.

"든든하기 짝이 없! 그럼 내일부터 얼른 멤버를 모아야지!"

"그래."

상대는 착실하고 하이 스펙인 츠바키에 코스모스, 히마와리, 아스나로 같은 초호화 멤버를 더한 압도적 포진.

반대로 이쪽은 닭꼬치 솜씨는 달인급이지만 무진장 낯을 가리는 녀석과 단순한 변태뿐이다.

이대로 가면 아무리 발버둥 쳐도 승산이 없다.

"그래서 말이지, 사실을 말하면 바로 노점을 도와줄 만한 든든한 애가 있어!"

어째서일까? 신이 난 히이라기를 보니 불안밖에 느껴지지 않는다.

"…그거, 나 아니야?"

"아냐! 오늘 생긴 친구야! 같은 반이고 옆자리에 앉은 애야!"

"뭐?! 그런 녀석이 있어?"

진짜냐! 이 녀석의 오빠에게 그 이야기를 해 주면 엄청 기뻐하겠는데?

히이라기에게 친구가 안 생긴다고 걱정하며 낯가림을 고쳐 주려고 했고.

"그래서 그게 누군데?"

"응! 내 친구는 말이지…."

가능하면 든든한 녀석이 좋겠는데….

"산쇼쿠인 스미레코라고 해!"

얘가 지금 뭐라고 했지?

"사, 산쇼쿠인… 스미레코라고?"

"아주 착하고, 밝고, 적극적인 애야!"

아주 엄하고, 어둡고, 소극적인 애야!

아니… 설마~? 그럴 리가 없잖아~?

분명 사람을 잘못 봤다든가 동성동명의 다른 사람이겠지.

"어어, 그 산쇼쿠인 스미레코… 씨라는 분은 평소에 뭘 하시는 분이지?"

"무슨 소리야? 아까 도서실에 있었던, 양 갈래 머리에 안경을 낀 산쇼쿠인 스미레코야!"

가능하면 아니었으면 좋겠는데!

"그렇게 너랑 친하게 말하며 같이 노점 일을 해 주겠다고 어필했는데 모르다니, 죠로는 아직도 미숙하네!"

어디지?! 대체 어디서부터 딴죽을 걸면 좋지?!

"…이, 일단 묻겠는데, 어떻게 친해졌어?"

"수업 중에 내가 실수로 지우개를 떨어뜨렸더니….”

그 패턴이냐! 뭐, 기본이라면 기본이고….

"주워 주려고 그랬거든! 내가 주웠지만!"

하다못해 줍게 하고서 우정을 말했으면 싶다.

"아까 도서실에서도 봤지? 이미 틀림없이 나와 스미레코는 절친… 아니, 절친에서 한 걸음 더 나아갔어!"

만나자마자 바로 엄청난 곳까지 가 버리는구나.

도서실의 분위기를 어떻게 보면 그렇게 되는 거지.

네 태도의 차이를 미심쩍게 여기며 미묘한 리액션을 보였잖아.

"아니, 너는 도서실에서 팬지랑 제대로 대화도 안 한 것 같은데…."

"쯧쯧쯧. 죠로는 스미레코에 대해 아직 모르는구나!"

적어도 너보다는 잘 안다고 자신할 수 있거든?

"어쩔 수 없으니 그때의 대화의 진짜 의미를 가르쳐 줄게!"

돌아가도 될까? 이 이상 들어도 헛수고일 것만 같으니까.

안 돼. 교복을 잡혀 있다.

"히이라기 극장 개막이야! 짠짜잔!"

게다가 뭔지 잘 모를 1인 2역의 히이라기 극장이 시작되는 모양이다.

"스미레코, 기분 상하게 해서 미안해…."

"제대로 사과했으니까 괜찮아, 히이라기☆ 다음부터 조심해☆"

"알았어. 조심할게!"

"하아…☆ 히이라기랑 전혀 이야기를 못 했어☆ 스미레코, 추욱☆"

"어라? 왜 그래, 스미레코?"

"아, 아무것도 아냐☆ 다, 다음번에는 느긋하게 이야기하자☆"

"알았어! 난 정말, 정말로 기대할게!"

이상. 히이라기의, 히이라기에 의한, 히이라기를 위한 팬지와의 대화(개변판)입니다.

왜 팬지의 발언에는 모두 '☆'가 붙는 거지?

그 녀석, 그렇게 해피로 가득한 성격이 전혀 아니거든? 죠로, 추욱☆

"이런 느낌의 대화였어! 어때? 아주 친한 걸 알겠지?"

말을 어떻게 받아들이냐는 정말 사람에 따라 제각각이라는 걸 알았어.

"정말 기쁘고 기뻐서… 그 자리에서 펄쩍 뛰고 싶었는데, 손을 꾹 붙잡으며 참았어!"

그게 기뻐한 거구나….

"하아~! 정말로 이 학교에 전학 오길 잘했어! 츠바키도 있고, 죠로도 있고, 스미레코도 있고… 정말, 정말로… 세계에서 제일 멋진 학교야!"

어쩌지…. 히이라기는 이미 하늘로 승천할 기세로 행복하게 웃고 있는데, 팬지가 히이라기를 친구로 생각할 가능성은 만에 하나도 없다.

애초에 그 녀석은 친구를 별명으로 부른다.

하지만 히이라기를 '모토키'라고 불렀다.

그것은 즉, 히이라기를 친구라고 생각하지 않는다는 뜻이다.

"아니, 히이라기…. 팬지는 포기해. 달리 기댈 만한 녀석은…."

"스미레코보다 믿을 만한 사람은 없어!"

그럴지도 모르지만, 츠바키조차도 팬지를 끌어들이는 데에 실패했어.

그런데 나와 네가 뭘 할 수 있다는 거야?

"스미레코는 넓은 시야로 만사를 보며 행동할 수 있는, 대단한 사람이야! 그러니까 같이 노점을 할 수 있으면 우리가 깨닫지 못한 사소한 문제도 알아차리며 해결로 이끌어 줄 거야!"

우정에 대해서는 착각 성분 100퍼센트인 주제에, 능력에 대해서는 이상할 만큼 정확한 지적을 하는 점이 왠지 열받는다.

"알겠어, 죠로? 성전에서는 사소한 실수가 승패를 갈라! 츠바키는 완벽 초인! 절대로 실수를 하지 않는 여자! 반대로 나는 실수투성이!"

자기 입으로 말하고 슬프지 않냐?

"그러니까 우리가 이기기 위해선 그런 츠바키에 필적하게 완벽한 스미레코가 필요해!"

왜 여기서만 반론의 여지를 주지 않는 걸까?

…그렇지. 안 그래도 우리 상황은 최악의 한 발짝 앞이다.

앞으로는 실수 하나도 허용되지 않는 상황이다.

…하지만 히이라기는 말할 것도 없고, 나도 숱한 실수를 저지르는 타입.

그러니까 앞날을 내다보고 트러블을 미연에 막을 수 있는 팬지는 있는 편이 좋다… 아니, 반드시 필요하다.

"그래…. 팬지를 멤버로 끌어들일까…."

"알아준다니 기뻐!"

아니, 사실은 처음부터 알고 있었어….

도서실 멤버 중에서 최강 무적의 스펙을 가진 여자… 츠바키.

솔직히 학교 안의 인기인인 히마와리나 코스모스…. 썬조차도 츠바키와 정면에서 1대 1 승부를 하면 어지간한 특기인 분야가 아니면 아마도 못 이기겠지.

그런 츠바키에게 유일하게 이길 가능성이 있는 것은… 팬지뿐이다.

즉, 우리가 츠바키에게 이기기 위해서는 팬지의 가입이 필수 사항.

여름 방학 동안 사람이 많은 도서실에서 접수 업무를 처리했으니 사람을 대하는 것에 능하고, 혹시나 **진짜 모습을 보이면** 비주얼 면으로도 무적.

다만 권유 난이도가 말이지~

츠바키가 거절당했는데, 나와 히이라기가 어떻게 할 수 있을 것 같지 않은데….

하지만 그걸 해야만 이길 수 있다면 할 수밖에 없지….

"죠로, 그렇게 걱정스러운 얼굴 안 해도 돼! 내가 말하면 스미레코는 금방 수락해 줄 거야!"

"그렇게 생각하는 이유는?"

"스미레코는 츠바키의 권유에도 거절했잖아! 그건 내 권유를 기다려 주기 때문임이 틀림없어! 잘 알고 있으니까 안심해, 스미레코!"

팬지, 아무것도 모르는 바보가 내일 너한테 갈 테니까 불안해해라.

아마도 일이 귀찮아지겠다. …틀림없이 나도 끌어들여서.

"스미레코와 죠로와 함께 이번에야말로 츠바키에게 이기겠어! 우리의 친근 울트라 다이내믹 우정 파워로 꾸왕꾸왕에 빠슝빠슝하게 해 주겠어!"

이대로 가다간 꾸왕꾸왕에 빠슝빠슝해질 건 틀림없이 우리야….

게다가 팬지 이외에 믿을 만한 멤버를 모아야 하고.

하아…. 뭐, 일단 팬지를 끌어들이는 건 히이라기에게….

"분명 스미레코는 내일 내 권유에 눈을 동그랗게 뜨고 '기뻐☆ 고마워, 히이라기☆'라고 말해 줄 게 틀림없어! 정말, 정말로 기대돼!"

맡길 수 없겠구만.

…내 왕도적 청춘 쥬브나일의 길은 꽤나 험난할 것 같다….

나는 전부 다 잘했다… 그랬었다…

제 2 장

"안녕, 죠로!"

"으악!"

"죠로! 아침 인사는 '으악!'가 아니라 '안녕'이야!"

아침, 다짜고짜 등에 느껴지는 충격에 비명을 지르자, 돌아온 클레임.

얼굴을 볼 것도 없이 범인의 단정은 간단. 이런 짓을 하는 녀석은 한 명밖에 없다.

"히마와리! 아침부터 내 등을 때리지 말라고 몇 번이나… 아니, 어제도 말했잖아!"

"응! 말했어! 난 잘 기억해! 어때? 대단하지?"

"대단하긴 뭘! 기억하면 실행을 하라고!"

"싫어! 내 아침에 죠로의 따악은 빠지면 안 돼!"

너는 재미있을지도 모르지만, 나는 등에 크나큰 대미지를 입는다고!

에잇, 인내심의 한계다! 오늘이야말로 따끔하게… 오호.

"오늘도 같이 학교 가자! 자, 얼른, 얼른!"

이 애는 기분 좋은 눈치로 내 팔을 껴안고 말이지….

어쩔 수 없군. 오늘만큼은 이 멋진 감촉을 봐서 특별히 용서해줄까.

진짜, 정말로 오늘만이야.

"있잖아, 죠로! 체육제, 열심히 해서 우승하자!"

츠바키와 히이라기의 성전이란 이벤트가 있다고 해도, 체육제의 메인은 체육제.

각 학급이 적팀과 백팀으로 나뉘어 점수를 겨루는 일대 이벤트다.

우리 반은 적팀, 팬지, 코스모스의 반은 백팀.

썬, 히마와리라는 몬스터를 소유한 우리 반이지만, 개인이 나갈 수 있는 종목에는 한계가 있어서, 결과가 어떻게 될지는 해보지 않으면 모른다.

"그래. 아니, 난 그렇게 전력이 못 될 텐데…."

참고로 내가 나가는 종목은 이인삼각과 물건 빌려 오기 경주. 그중 이인삼각의 짝은 아스나로.

그렇게 되기까지의 경위는… 떠올리면 피곤해지니까 그만두자. 아무튼 그렇게 되었다.

그리고 히마와리의 출장 종목은 빵 먹기 경주와 공 넣기.

사실은 득점 배분이 많은 학급 대항 릴레이에 내보낼 생각이었는데, '크림빵을 먹고 싶어!'라며 빵 먹기 경주를 본인이 희망했기 때문이라고 한다.

우리 반은 히마와리의 희망을 잘 받아들여 주는 게 특징이지.

"죠로라면 괜찮아! 내가 응원할 거니까!"

"…그래. 나도 히마와리를 응원할게."

"앗싸! 그럼 나도 괜찮아!"

기쁜 얼굴로 웃는데…. 근거는 어디에 있냐.

"…아, 그렇지! 그리고 나 말이지, 어제 모두에게 작전을 전했어!"

"작전? 무슨?"

"노점! 우리의 승리는 반석이야!"

반석이라. '반석'이라는 어려운 말을 히마와리가 알고 있다는 것을 평가해 주자.

하지만 체육제에서는 같은 적팀이라고 해도, 노점 승부에서는 히이라기 팀이라서 적인 내게 그 말을 하는 건 아주 좋지 않은 일이라고 생각해.

"…그래서 어떤 작전이야?"

뭐, 물론 그런다고 봐주는 건 없지만. 얼른 정보 수집을 해 보도록 할까.

"열심히 할 거야!"

"…흠, 그래서?"

"열심히 할 거야!"

그래, 우직하게 열심히 한단 말이지.

"히미와리답게 좋은 작전이군….

"그렇지~? 코스모스 선배도 '히마와리의 작전은 완벽하지만, 만일을 위해 그 외에도 생각해 둘게'라고 칭찬해 줬어!"

진짜 작전은 코스모스가 고안하고 있나. …무시무시하군.

"참고로 너희의 앞으로의 예정은 어떤 식이야?"

"으음, 오늘은 각자의 역할 분담을 결정하거나 이것저것 튀김 꼬치를 먹어 보며 노점에 뭘 내놓을지 정하는 시식회를 가져! 아주 기대돼!"

즉, 저쪽은 이 이상 멤버를 늘릴 예정이 없나.

……찬~스.

크크큭. 아무래도 너희는 모르는 모양이군.

실은 있거든~! 우리 학교에는 코스모스나 히마와리를 능가하는 인기인들이 말이야!

이걸 보아 하니 멤버 쟁탈전이 일어날 걱정은 없겠고, **그 사람들**을 이쪽으로 끌어들일 수 있으면 내 왕도적 청춘 쥬브나일은… 우헤헤헤….

"죠로, 뭔가 이상해! 그 얼굴일 때의 죠로는 항상 안 좋은 꼴을 당해!"

"흥! 그럴 리 없잖아! 애초에 안 좋은 꼴을 당하는 얼굴이란 건 뭔데!"

"아무튼 그런 얼굴이야!"

딱 잘라 부정하지 못하는 스스로가 슬프다! …하지만 알고 있어.

확실히 나는 지금까지 콧대가 높아져서 방심했다가 나중에 험한 꼴을 당하곤 했지.

하지만 내가 그런 일을 몇 번이나 경험하면서 성장하지 않았을까?

이번에는 일체 방심 없이, 진지하게 위대한 청춘 쥬브나일을 목표로 한다!

이것만큼은 성실(誠實)하고 성실(性實)한 마음이다.

신도 가끔은 나에게 너그러워져서 내 희망을 들어줄 게 틀림없어!

물론 그걸 위한 노력을 아낄 생각도 없고! …유일한 문제는 그 노력 중에 '팬지를 멤버로 끌어들인다'가 필수 조건으로 존재한다는 건데….

그 녀석을 어떻게 설득하지? 간단히는 안 될 텐데….

"죠로, 이번에는 복잡한 얼굴이야! 왜 그래?"

"잠깐 생각을 좀 하느라고."

"무슨 생각? 나도 알고 싶어! 가르쳐 줘!"

…자, 어쩌지?

가능하면 숨기고 싶지만, 히마와리는 내 거짓말을 태연하게 꿰뚫어 본다.

그러면….

"뭐, 그거야. 히이라기 문제."

진실을 진실로 숨겨서 전하는 게 최선의 수단이겠지.

이것도 내 머릿속을 채운 고민 중 하나라는 사실은 틀림없고.

"히이라기?"

"그 녀석, 어제 막 전학 와서 친구가 없는 것 같으니까."

본인으로서는 절친 이상의 사람이 있는 모양이지만….

"그럼 난 히이라기링 친구가 될래! 그러면 외롭지 않아!"

"어, 어어…. 부탁할게, 히마와리."

그 초절정 낯가림쟁이에게 갑자기 말을 걸면 바로 도망칠 것 같지만.

"좋았어~! 그럼 바로 친구가 되어야지!"

"고마워. …학교에 가면 잘 부탁해."

"응? 왜 학교에 간 다음이 아니면 안 돼?"

어라? 내 부탁이 이상했나?

"아니, 안 그러면 히이라기를 못 만나잖아?"

아니면 히마와리는 텔레파시를 날리는 능력이라도 갖추었나?

그런 게 있으면 팬지 이상의 에스퍼 능력이군.

"아하하! 죠로, 바보네! 히이라기라면 바로 뒤에 있잖아!"

"…어? 뒤에… 우와아…."

진짜다…. …있다. …있다고!

히마와리가 가리키는 곳, 5미터 정도 뒤쪽의 전봇대.

거기서 얼굴만 내밀고 울상으로 나를 바라보는 수상한 여자… 틀림없이 히이라기다.

"왜, 왜… 저 녀석이 여기에?"

"분명 죠로를 만나러 온 거야! 외로웠던 거야!"

진짜냐?! 즉, 녀석은 혼자 있는 게 외로워서 일부러 아침부터… 학교에 가기 전부터 날 만나러 온 거냐! 그럼 얌전히 그냥 말을 걸면… 아니, 안 되나.

저 초절 낯가림쟁이가 대화한 적 없는 상대인 히마와리가 있는 상황에서 말을 걸 수 있을 리가 없지. 가능한 행동이라면… 외로운 듯이 이쪽을 바라보는 정도겠지.

"대체 뭐냐고…."

언뜻 보면 어른스러운 외모인 주제에 무진장 한심한 모습으로 전봇대에서 얼굴만 내밀고 있으니까 언밸런스가 장난 아니다.

"간단해! 히이라기도 함께 학교에 가면 돼!"

응, 그렇긴 한데. 그게 어려우니까 문제야.

"그럼 내가 불러 올게!"

"아! 잠깐 기다려, 히마와리!"

이런! 아무리 히마와리가 천진난만한 미소와 함께 다가가도 히이라기에게는….

"히이라기, 안…."

"…힉! 왜 이쪽으로 오는 거야아아아아! 무서워어어어어!!"

"후에?!"

이렇게 될 줄 알았다!

히이라기 녀석, 히마와리가 다가간 순간, 엄청난 비명을 지르며 도망쳤다!

"어, 어째서…?"

남겨진 히마와리는 그저 멍한 기색일 뿐.

상황을 이해할 수 없다는 표정은 바로 이런 거겠지.

그대로 눈물을 글썽이고 몸을 부들부들 떤 뒤에….

"너무해! 히이라기, 너무해! 너무해, 너무해, 너무해!!"

잔뜩 화가 난 것처럼 그 자리에서 발을 구르기 시작했다.

"우와! 지, 진정해, 히마와리!"

아아… 올해 지역 대회 결승전 때, 닭꼬치를 팔던 기억이 떠오른다….

손님이 말을 걸 때마다 뭔가 이상한 소리를 하며 도망치는 히이라기.

남겨진 내가 화난 손님을 달래느라 얼마나 고생했는지….

"난 무섭지 않아! 아무 짓도 안 해!"

"알고 있어! 다 알아! 자, 그보다 얼른 학교 가자."

"죠로! 체육제, 절대로… 절대로 히이라기에게는 안 져! 난 정말 어어어어엄청나게 열심히 할 거니까!"

아침의 히이라기의 성과 : 히마와리(적)의 어어어어엄청난 강화.

아침부터 앞날이 캄캄한 미래밖에 안 보인다….

※

　히마와리와는 교문에서 헤어지고 체육관 뒤로 가자, 그곳에는 먼저 온 손님이 한 명.

　거대한 단풍나무… '나리츠키'에 등을 기대고 가슴을 쓸어내리는 히이라기가 있었다.

　"하아~! 무서웠다~! 하지만 여기까지 오면 안심이야!"

　그대로 주르륵 웅크려서 무릎을 껴안으며 착석.

　여전히 자기 몸매를 이해하지 못하는 뇌쇄 포즈다.

　"어이, 히이라기."

　"앗! 죠로! 좋은 아침!"

　밝고 티 없는 웃음을 보여 주는 모습은 귀엽다.

　하지만 아까 저지른 짓이 너무 중대해서 그런 생각도 안 든다.

　"오늘은 아침부터 죠로가 있어서 기뻐! 같이 작전 회의야! 어서, 어서!"

　발로 땅을 탁탁 구르는 익숙한 움직임.

　원래는 나나 이 녀석의 반에서 합류하고 싶었지만, 교실처럼 사람이 많은 곳에서 이 낯가림쟁이 녀석이 제대로 행동할 리가 없으니까, 거의 틀림없이 사람이 오지 않는 체육관 뒤에서 집합할 수밖에 없었다. 하다못해 의자에 앉아서 작전 회의를 하고 싶었어….

"작전 회의 전에, …한마디 해도 될까?"

"뭔데?"

"아침의 그건… 뭐야? 왜 너는 그런 데에 있었어?"

"죠로와 같이 학교에 가려고 했어! 그랬더니 모르는 애가 같이 있었어!"

어제 히마와리랑은 도서실에서 만났을 텐데, 기억할 여유조차 없었나….

…개탄스럽군.

"아니, 그러니까 같이 가려고 한 거잖아…. 히마와리가 너한테 그렇게 말하려고 했거든?"

"하, 하지만, 무서웠어! 그렇게 갑자기 말을 걸면, 놀라잖아!"

갑자기 도망치는 편이 훨씬 더 놀랍다.

"그 점에서 스미레코는 다정해! 내가 겁먹지 않도록, 말을 걸지 않고 행동만으로 우정을 보여 줘서 아주, 아주 기뻤어!"

진상은 그저 필요 이상으로 대화를 하지 않는 애일 뿐이거든?

"스미레코는 정말로 멋진 애야! 밝고 씩씩한 점은 물론이지만, 아주 똑 부러져! 수업 준비도 요령 좋게 하고, 주위를 잘 보고 세세한 것까지 알아차려! 분명 같이 노점을 내면 카운터에서 대활약을 할 게 틀림없어! 그러니까 서둘러서 스미레코를 멤버로 들여야지!"

왜 우정 면에서는 성대하게 착각하는 주제에, 능력 면에서는 기막히게 적중시킬 수 있지?

"…그래서 어떻게 팬지를 멤버로 끌어들일 건데?"

"물론 어제도 말했듯이 내가 말을 걸게! 그러면 바로 돼!"

그 자신감은 대체 어디서 온 걸까….

"언제 말을 걸 건데?"

"지금부터 교실에 가서 말을 걸 거야! 좋은 일은 서둘러야지!"

"어? 히이라기가? 팬지를 여기로 부르는 게 아니라?"

이 낯가림쟁이가 사람 많은 교실에서 말을 건다…고?

"물론이야! 일부러 이런 장소로 부르면 스미레코에게 미안해!"

그 마음씀씀이, 왜 나한테는 안 그러는데?

하지만 의외로 혼자서 열심히 해 볼 생각이로군….

성공할지는 둘째 치고, 그 마음가짐만은 평가해 주지.

"그런고로, 죠로에게 부탁이 있어!"

알고 있어. 어차피 나한테 말도 안 되는 일을 의뢰할 거지?

어쩔 수 없지. 본인이 열심히 할 생각이 있다면 조금 정도는 무리한 요구라도….

"교실의 학생을 전부 치워 주었으면 해!"

"그게 가능하겠냐! 무리의 허용 범위를 태연하게 돌파했잖아!"

이 녀석, 대체 뭔데?!

그럴 거면 여기에 팬지를 데려오는 편이 훨씬 낫잖아!

"우에에에에?! 그, 그럼, 나는 어떻게 스미레코에게 말을 붙이면 되지?!"

"왜 선택지가 '사람들을 치운다'뿐인데! 같은 반이고 옆자리니까, 네가 말을 붙일 찬스는 얼마든지 있잖아! 거기서 어떻게든 해!"

"그러면 하다못해⋯ 하다못해 말할 때 죠로도 같이 있어 줘!"

"갑자기 다리 붙잡지 마! 얼른 떨어⋯지지 않아도 돼~"

오오⋯. 이 무자각 다이너마이트 보디⋯. 제법이로군!

"죠로⋯ 같이 있어 줘⋯. 혼자는 외로워⋯."

'무섭다' 이전에 '외롭다'인가.

정말이지 히이라기는 낯가림 이상으로 외로움을 타는군.

"⋯알았어."

솔직히 처음부터 그럴 생각이었고.

"고마워! 이 은혜는 꼭 갚아라!"

갚을**게**, 라고 해라.

"아, 그리고 히이라기. 확인 삼아 말하는데, 팬지 말고 다른 녀석도 멤버로 넣어도 문제없지? 설마 우리 셋이서만 츠바키에게 도전하는 건⋯."

"그건 아냐! 더 많은 멤버를 모아서 츠바키에게 이길 거야! 죠로가 신용해서 데려오는 사람이라면 나도 믿을 수 있을 테니까 괜찮아!"

좋아. 이 언질을 받아 낸 건 크다. 내가 필사적으로 멤버를 모아 왔는데 히이라기가 안 된다고 떼를 써도, 이 말을 내세워 밀어붙일 수 있다.

"그럼 일단 다른 멤버에게 권유한 뒤에 팬지에게 갈까. 어어… 아마 2교시나 3교시 후의 쉬는 시간 정도에…."

그동안에 어떻게 팬지를 끌어들일지 작전을 짜야지.

"우에에에! 왜 스미레코를 나중으로 하는데?! 너무해! 가엾잖아!"

"아, 아니… 팬지는 히이라기가 말을 붙이면 틀림없이 멤버로 들어올 거잖아?"

"당연해! 나와 스미레코가 말을 할 수 있는 상황만 만들면 돼!"

그럼 네가 그 상황을 만들라고 하고 싶은 마음일 뿐이다.

"그럼 서둘러 말하지 않아도 되잖아. 그보다도 다른 멤버…."

"사실은 당장이라도 나한테 말하고 싶으면서, 솔직하지 않다니까."

"시끄러. 팬지를 멤버로 끌어들이려면 작전을 짤 필요가 있어."

"그냥 말해도 괜찮아."

"그럴 리 없잖아. 상대는 바로 팬지라고?"

"그렇게 경계하다니 슬퍼…."

아무리 풀 죽은 모습으로 이쪽을 보더라도 의견을 철회하진 않을 거니까.

팬지를 끌어들이려면⋯ 응? <u>으으응?!</u>

"⋯아니, 팬지이이이?!"

"응, 그래."

"어, 어째서 네가 여기에⋯?"

너무나도 자연스럽게 대화에 섞여 들었기에 예사롭게 반응해 버렸잖아!

"일과인 스토킹을 즐기고 있었더니 우연히 이렇게 됐어."

그게 우연으로 분류되냐?

아니, 그렇다면 지금까지의 대화는 모두 팬지에게⋯.

"그래. 다 들었어. ⋯어제 옥상에서부터."

"예상 이상으로 다 들켰다!"

"그렇게 큰 소리 내지 말아 줘. 스미레코, 풀 죽어☆"

그런 해피 마크는 소름이 돋으니까 지금 당장 그만둬.

"아! 스, 스, 스미⋯레코!"

"안녕, 모토키."

"아, 아, 안⋯녀⋯엉⋯."

"역시 당신은 츠바키가 있을 때와 없을 때 확연히 태도가 바뀌네. 이해했어."

서둘러서 일어서서 허둥대는 히이라기를 냉정하게 분석하는 팬지.

이렇게 두 사람을 보고 있으니 의외로 서로 성격이 안 맞는 것

74

처럼 보이지는 않았다.

"그래서 모토키. 당신은 나한테 할 말이 있는 것 아냐?"

"그, 그래! 그렇지!"

다행인지 불행인지, 히이라기가 팬지와 대화할 상황이 갖추어졌는데, 괜찮을까?

히이라기, 로봇처럼 딱딱하게 고개를 끄덕이는데….

"저기, 스미레코… 같이 노점을… 해 줘…."

오오! 어색하긴 하지만, 정말로 제대로 말했다!

"왜 내가 당신의 노점에 참가했으면 하는데?"

"어, 어어… 난 츠바키에게 이기고 싶어. 정말, 정말로 이기고 싶어. 하지만 혼자서는 못 이기니까, 든든한 스미레코의 힘을… 빌려줘!"

"…그렇군."

열심히 자기 마음을 전한 히이라기에게 담백한 반응을 보이는 팬지.

그게 불안했는지, 히이라기는 스커트 자락을 꾹 붙잡고 몸을 떨었다.

"아, 안 될까?"

그렇게 쫄지 않아도 괜찮아, 히이라기.

왜냐면 팬지는….

"좋아, 알았어."

이런 대답을 했으니까.

"저, 정말로? 스미레코, 같이 해 주는 거야?!"

"물론이야."

정말로 놀랍네. 설마 팬지가 힘을 빌려주다니….

츠바키의 권유를 거절했으니까 분명 무리라고 생각했는데.

…어? 어떻게 팬지가 참가할 거라는 걸 알았냐고?

아니, 방금 전에 본인이 '그냥 말해도 괜찮아'라고 말했고….

"와! 와아아아아! 고마워! 아주, 아주 기뻐!"

"다만 난 이런 경험은 거의 없으니까, 별로 전력이 못 될지도 몰라. 그러니까 많이 가르쳐 주면 고맙겠는데, 괜찮을까?"

"물론이야! 내가 다 가르쳐 줄 수 있어! 같이 열심히 하자, 스미레코!"

"알았어. 같이 열심히 하자, 모토키."

"응! 아자! 해냈다아아아아아!"

자기 힘으로 끌어들인 것이 정말로 기뻤겠지.

팬지의 손을 잡고 팔짝팔짝 뛰고 있다.

의외로 이 성공이 자신감으로 변해 이 녀석의 낯가림도 어느 정도는….

"하아~! 엄청 열심히 했어! 너무 지쳤어! 죠로, 나는 스미레코를 확실히 멤버로 끌어들였으니까, 다른 멤버는 잘 부탁해!"

시럽에 벌꿀을 끼얹어서 섞은 것처럼 물러 터졌잖아, 어이!

"그럼 난 츠바키에게 자랑하고 올게! 스미레코를 멤버로 끌어들였다고! 분명 칭찬해 줄 거야! 아주, 아주 기대돼~!"

"아! 어이, 히이라기!"

기쁜 듯이 달려갔는데, 괜찮을까?

츠바키에게 칭찬 들으려는 건 좋지만… 모르는 녀석이 많이 있는 다른 반 교실에 가려다가 들어간 순간 히이라기가 죽는 거 아냐?

이미 모습이 보이지 않으니 늦었나….

그렇다면 지금은 히이라기가 아니라 팬지 쪽을 신경 쓰자.

아까부터 자기한테 신경 써 달라는 듯이 내 교복 자락을 쭉쭉 잡아당기고 있고….

"팬지. 너는 모르는 사람과 엮이는 건 싫어한다고 어제 말했잖아?"

"별로 좋아하지 않지만, '불가능하다'고 말하지는 않았어."

가령 그렇다고 해도, 이 녀석이 자기가 하고 싶지 않은 일을 솔선해서 한다는 게 말이지~

솔직히 수상해. 뭔가 돼먹지 않은 일을 꾸미는 듯한 예감이….

"죠로. 그렇게 바로 나를 의심하는 건 좋지 않아."

"가능하다면 나도 솔직히 믿고 싶은데, 네 전과가 좀 그렇다 보니까."

"과거는 돌아보지 않고 미래를 향해 돌진하는 쪽이 멋지지 않아?"

"돌진한 결과, 그곳이 깎아지른 절벽이었을 경우 나락의 밑바닥으로 떨어질 것 같지 않아?"

"안심해. 당신은 이미 나락의 밑바닥에 있으니까 더 떨어질 곳은 없어."

"무슨 소리야?! 나는 항상 행복을 목표로 매진하고 있어!"

"어쩔 수 없네. 그럼 당신에게 최상급의 행복으로 나와의 혼약을…."

"행복이란 남에게 받는 게 아니라 내 손으로 붙잡는 거니까 괜찮아."

내 두 손을 꼭 붙잡아 왔기에 찰싹 쳐 냈다.

조금만 방심하면 순식간에 자기에게 유리한 방향으로 몰고 가니까, 팬지는 무섭다. 정말로 대체 이 녀석은 왜 히이라기의 노점을 돕는다는 소리를….

"조금… 모토키를 내버려 둘 수 없는 이유가 있었어."

"뭐? 네가 히이라기를?"

"그래. 내가 모토키를."

그게 뭔데? 평소에는 친구가 아니면 전혀 흥미가 없는 주제에….

"그러니까 열심히 힘 좀 쓰도록 하겠어. 죠로도 같이 열심히 하자."

"그, 그래….."

이럴 때 팬지의 다정한 미소는 정말로 비겁하다.

무조건적으로 내 의욕을 최고치까지 끌어올리거든….

"참고로 죠로, 남은 멤버 말인데, …**그 사람들**을 끌어들이려고?"

역시나 팬지. 거기까지 다 읽었나.

"그래, 그럴 생각이야."

"나도 돕는 쪽이 좋을까? 전부는 무리지만, 조금 정도라면…."

"아니, 내가 할 거니까 괜찮아. 팬지는 어제 코스모스 회장이 준 모의 점포 신청 용지에 필요 사항을 기입해 줘. 나나 히이라기라면 놓치는 게 있을 것 같으니까."

"알았어."

하는 김에 히이라기도 좀 돌봐 달라는 의도도 있지만.

나나 팬지가 곁에 없으면 화장실에 혼자 틀어박혀서 흐느껴 울 것 같고….

"죠로, 만일을 위해 충고하겠는데, 그 사람들을 끌어들일 거면 츠바키에게 들키지 않도록 해. 혹시 들키면 쟁탈전이 일어날 거야."

그렇다. 내가 끌어들이려는 이들은 그 정도 힘을 가진 이들이다.

"그래, 알고 있어. …그럼 슬슬 돌아갈까."

"응, 그러자."

그 뒤에 팬지와 함께 교실로 가려고 체육관 뒤에서 열 걸음 정도 발을 옮겨 모퉁이를 돌자, 그곳의 덤불에서 바들바들 떨며 숨어 있는 히이라기를 발견했다.

"죠~로~ 스미레코~ 무서워~ 사람이 많이 있어서 학교에 들어갈 수 없어~….."

멤버 모집이 끝나면 다음 과제는 틀림없이 히이라기의 낮가림 문제로군.

노점처럼 대대적으로 사람들 앞에 나가는 작업을 지금의 이 녀석이 해낼 수 있을 리가 없어….

※

쉬는 시간.

1교시 수업이 끝나는 동시에 교실을 재빨리 나선 내가 향한 곳은 1학년 교실.

거기서 일단 근처에 있는 작은 용구실에 입실. 다음에는 미리 준비했던 햄버그가 든 반찬통의 뚜껑을 열고 배치. 마지막으로 용구실 문을 활짝 열어 놓고 퇴실.

그리고 조금 떨어진 곳에서 스탠바이.

이전에 썬에게 배웠던 방법인데, 정말로 이러면 올까?

"쿵쿵…. 쿵쿵…. 왠지 좋은 냄새가 납니다…. 이건 틀림없이 제가 좋아하는 음식… 햄버그 냄새입니다! 주르륵… 아! 역시 있었습니다! 냠!"

준비하고 10초 뒤. 기쁜 듯이 용구실에 들어가는 바보가 한 마리. …정말로 왔네.

"냠냠냠! 으음~! 맛있습니다! 햄버그, 맛있습니다!"

그렇게 순순히 걸려 주었으니 문을 닫도록 할까.

자, 쾅 하고.

"…핫! 왜, 왜, 문이 닫히는 건가요?! 갇히고 말았습니다! 어떻게든 탈출해야! …으그그그그! 안 열려요! 어째서죠?!"

그거야 내가 밖에서 힘주어 밀고 있으니까 그렇지.

"어둡습니다! 무섭습니다! …냠냠! 햄버그, 맛있습니다!"

공포에 떨면서도 햄버그를 계속 먹는 점은 바보이기 때문일까….

"문이 열리길 바란다면 내 부탁을 들어줘야 할걸…."

"그, 그 목소리는, 키사라기 선배! 설마 당신이 햄버그를 써서 저를 덫에! 너, 너무합니다! 소녀의 순정을 가지고 놀다니 최악입니다! 냠냠!"

간 고기와 양파에 놀아나는 소녀의 순정이란 대체….

뭐, 맞는 말이기는 하지만.

"내 부탁을 들어준다면 문을 열어 줄 텐데?"

"부탁?! 키사라기 선배의 부탁, 기대됩니다! 들을게요, 들을게요! 우후후!"

"오…. 그, 그래? 그럼…."

예상 밖으로 밝은 목소리에 조금 놀랐다.

그럼 문을 열고… 아.

"…흐앗?! 우악! 아, 아픕니다! 갑자기 문을 여니까 넘어졌잖아요!"

"괘, 괜찮아?! …탄포포?"

세게 튕겨 나가서 그대로 넘어진 사람은 야구부의 매니저인 탄포포＝카마타 키미에다. 벌떡 일어나서 울상을 한 채 조금 빨개진 코를 쓰다듬고 있었다.

"정말이지! 키사라기 선배, 아무리 제게 직접 부탁하는 게 창피하다고 해도 이런 수를 쓰지는 말아 주세요! 하지만 아주 자상한 저는 용서해 주겠지만요! 우후후후!"

이유는 다르지만, 처음부터 그냥 부탁하는 게 좋았겠군.

"그래. 탄포포, 미…."

"그럼 당장 키사라기 선배의 부탁을 들죠! 때로는 노예의 부탁을 듣는 것도 주인의 즐거움이니까요! 자, 말씀해 보세요!"

굿바이, 내 죄악감.

"바닥 쿵 하면서 말해 주세요!"

"…묻겠는데, 바닥 쿵이 뭐야?"

"우후후! 무슨 말인가요! 바닥에 두 손을 짚고 머리를 바닥에 쿵 하고 대는 것 아닌가요~! 아! 가능하면 그때 신발도 핥아 준다면… 앗?! 아, 아파요! 왜 갑자기 부채로 제 머리를 때리는 건가요?! 우훗!"

이런 일도 있지 않을까 싶어서 준비해 두길 잘했군. 응, 후련해졌다.

"아무튼 감정에 따라 솔직히 행동한 결과다."

"으음~…. 왠지 납득이 안 가네요…."

탄포포는 자기 머리를 문지르면서 울상을 지은 채 날 노려보았다.

"뭐, 괜찮잖아. 그럼 슬슬 본론으로 돌아가서, 귀여운 탄포포에게 부탁을 해도 될까?"

"네~! 알겠습니다~!"

솔직해서 좋군.

"실은 체육제에서…."

그 뒤에 나는 탄포포에게 사정을 대략적으로 설명했다. 체육제에서 츠바키와 히이라기가 노점을 열어 매상으로 승부한다는 것. 그리고 그 노점은 학생밖에 참가할 수 없다는 이야기를.

"그렇게 된 거야. 그러니까 너한테…."

"우후후후! 끝까지 말하지 않아도 다 알아요, 키사라기 선배! 당신은 손님을 많이 모으기 위해 초절정 천사인 탄포포를 팀 멤버로 권유하러 온 거네요?"

정답이기는 한데 괜히 열 받는다. 이 탄포포라는 여자는 바보이긴 하지만, 미소녀다.

게다가 할 일은 성실하게 하기에… 아주 인정하기 싫긴 하지만, 사실은 있으면 꽤나 든든한 녀석이다.

그러니까 나는 탄포포에게 권유하러 왔는데… 사실을 말하자면 이유는 그것만이 아니다.

거기에 또 추가로….

"너도 그렇지만… 야구부 멤버들도 좀 끌어들였으면 해."

"야구부 멤버들을 말인가요?"

"그래."

진짜 목적은 이쪽. 츠바키 팀은 강적이지만, 무적은 아니다.

아직 저쪽에게는 결점이 있다. 그것은 즉… 남자가 부족하다는 것이다.

파워만 놓고 보면 히마와리는 남자에 필적하지만, 그래도 결국은 단 한 명.

할 수 있는 일에는 한계가 있다.

그래서 이쪽은 우리 학교에서 제일가는 운동 집단… 야구부를 멤버로 끌어들인다.

물론 그 운동 능력만 노리는 건 아니다. 그 카리스마도.

애초에 우리 야구부는 올해 여름을 거치며 학교에서 제일가는 인기 집단이 되었으니까.

지금 그 인기는 코스모스나 히마와리를 능가한다고 해도 과언이 아니다.

코시엔에서의 대활약은 장난 아니었다.

3학년 중에는 이대로 프로에 들어가는 게 아니냐는 말을 듣는 선배까지 있을 정도다.

그런 그들을 아군으로 끌어들일 수 있으면, 아직 불리한 요소는 있더라도 츠바키 팀에게 앞서는 면도 생겨서 꽤 괜찮게 승부할 수 있다.

또한 제일 중요한 맛으로 보자면, 내 기준으로는 거의 호각.

히이라기도 닭꼬치를 만드는 기술만 놓고 보면 츠바키의 라이벌을 자칭해도 좋은 레벨이야. 문제는 그걸 사람들 앞에서 할 수 있는가 하는 건데….

"솔직히 저 혼자 있으면 충분하니, 굳이 부록이 더 필요하지 않을 거라 생각하는데요?"

그런 소리 하지 마, 부록 씨.

"그러지 말고. 나는 야구부라면 썬과 시바 정도밖에 접점이 없으니까. 인기 있고 귀여운 매니저 탄포포가 다른 멤버들을 데려왔으면 해."

"우훗~! 어쩔 수 없네요~! 그럼 특별히 해 드리도록 하죠~!"

응, 역시 간단하군. 무사히 탄포포를 끌어들이는 데에 성공했다.

그리고 야구부도 어떻게든 될 것 같다.

"우홋! 우후후훗! 키사라기 선배에게 부탁을 받았습니다! 기쁩니다!"

솔직히 기뻐할 때의 탄포포는 귀엽다. …솔직히 기뻐할 때뿐이지만.

"그래, 그렇게 말해 주니 나도 기뻐. …아, 일단 착각하지 않게 말해 두는데, 나는 츠바키 팀이 아니다? 히이라기 팀이니까!"

"네~! 그럼 조금 가슴 아프지만, 이번에는 츠바키 님과 적대하게 되는 거네요!"

휴우…. '그럼 저는 협력하지 않겠습니다!'라는 소리가 나오지 않아서 다행이다.

탄포포는 츠바키의 부하지만, 그 관계는 모호한 정도인 모양이다.

"그럼 저는 얼른 야구부원들에게 말하고 올게요! 참가해 주겠다는 사람을 찾는 대로 키사라기 선배에게 연락할 테니까요!"

"그래, 잘 부탁해."

역시나 바보지만 성실하게 할 때는 하는 여자. 이럴 때는 든든하다.

그럼 그쪽으로는 맡길게, 탄포포.

무사히 탄포포에게 의뢰를 마친 나는 교실로 귀환.

우선 썬에게는 내가 말을….

"여어, 어서 와, 죠로."

"응, 그래. …츠바키."

걸고 싶지만, 그만두는 편이 좋겠군.

"그래서 너는 지금까지 어디에 갔었던 걸까?"

머리카락을 귀 뒤로 쓸어 넘긴 후 빙긋 웃으며 묻는 츠바키.

그 동그란 눈동자로 날 똑바로 바라보면, 뭐든지 솔직하게 말
하고 싶지만,

"뭐, 조금 일을 보러, …음."

그랬다간 패배로 한 발짝 다가가는 꼴이니까 당연하게도 참는
다.

"그래. 다른 멤버에게 권유도 착실히 하는 걸 보니, 정말로 죠
로는 히이라기 편에 붙었네."

잘 넘겼다 싶었는데, 그게 통할 만큼 간단한 상대가 아니다.

다만 야구부에게 권유한다는 것까지는 아마도 들키지 않았다.

"확인하겠는데, 죠로는 **진짜 히이라기**를 알고 있어?"

역시나 츠바키도 알고 있었군.

"대충. …아니, 그 녀석은 제대로 숨기지도 못하잖아?"

"그래. 히이라기는 노점에서 일하지 않을 때와 내가 없는 장
소에서는 그러니까. …바로 남에게 기댈 생각만 하고, 자기가 뭘

하려고 하지 않는 한심한 녀석이랄까."

신랄하시군요….

"그래. …그런데 녀석은 노점에서 일할 때 어땠는데? 저래 가 지곤…."

"계속 닭꼬치를 만든달까. 일부러 노점 안에 요리할 장소를 마련해 달라고 해서."

"뭐, 그렇게 되나…. 닭꼬치는 보통 카운터 앞에서 굽는 것 같은데…."

"그걸 한 번 시켰더니, 손님이 말을 거는 바람에 난리가 났던 모양이야."

역시나 오래 알고 지낸 사이. 많이 아는군.

"항상 주위에서 받아 주니까 전혀 성장하지 않는데…. 죠로도 히이라기한테 너무 오냐오냐 해 주지 말아 달랄까. 꼭 해야 할 때는 자기가 하게 해야 한달까."

"그, 그래…."

츠바키의 깐깐함은 히이라기가 상대면 50퍼센트 더한 것 같아서 무섭다.

"그러니까 이번 성전에서 내가 대충 하는 일은 없을 거라고 생각해. 전력으로 덤벼 오는 히이라기를 철저하게 뭉갠달까. 물론 죠로의 꿍꿍이도 모두 저지하고."

역시나 썬에게 말을 걸지 않은 게 정답이었군.

아마도 말을 걸었다간 츠바키는 내 꿍꿍이를 전부 읽었겠지.

"마지막의 그건 좀 살살 해 줬으면 좋겠는데…."

그럼 나는 이대로 최대한 스스로를 미끼 삼아 츠바키의 주의를 끌고, 그동안 탄포포가 야구부 멤버에게 권유하는 걸로 하자. 부탁한다, 탄포포….

"안 돼. 내가 제일 경계하는 건 너거든."

"우옷!"

갑자기 검지로 내 가슴을 쿡쿡 찌르지 말아 줘!

츠바키가 그러면 깜짝 놀란다고!

"아, 미안. 조금 경솔했을까. 아하하하…."

"아, 아니! 괜찮아…."

살짝 붉어지는 츠바키의 얼굴. 왠지 분위기가 묘해졌다….

"…하아. 정말로 히이라기는 비겁하고 성가신 녀석이랄까."

고개를 숙이면서 작게 중얼거리는 츠바키.

어딘가 선망이 섞인 쓸쓸함 담긴 목소리로 들렸다.

"…츠, 츠바키. 왜 그래?"

"응, 괜찮아. 아무것도 아니랄까."

하지만 고개를 들자, 평소처럼 착실한 츠바키로 돌아왔다.

아까 표정이나 말은 내 기분 탓…인 건 아니겠지.

"그러니 나는 나대로 행동하도록 할 테니까, 서로 원망이 남지 않게 싸우자, 죠로."

마지막에 찡긋 윙크를 남기고 미소를 보이며 교실을 나가는 츠바키.

아마 내가 모르는 뭔가가 츠바키와 히이라기 사이에 있겠지….

※

그리고 또 쉬는 시간.

"여, 죠로! 탄포포에게 이야기는 들었어! 열심히 해 보자!"

2교시가 끝난 뒤의 쉬는 시간, 내 자리에 다가온 인물은 썬이었다.

"오옷! 썬도 참가해 주는 거야?!"

"당연하지! 이런 재미있는 일, 하지 않을 수 없잖아!"

"땡큐! 고마워, 정말 고마워!"

"하하! 고맙다는 말을 들을 정도는 아냐!"

이건 기쁜 정보다. 야구부 중에서 가장 중요한 남자의 참전을 제일 먼저 알 수 있다니!

썬이 있으면 엄청나게 든든하지….

그때 내 스마트폰이 진동. 확인하니, 탄포포에게서 메시지가 와 있었다.

「우후후훗! 키사라기 선배, 낭보입니다! 탄포포가 너무나도 사랑스러운 나머지, 오오가 선배, 시바 선배, 아나에 선배, 히구치 선배, 쿠츠키 선배가 '맡겨 줘!'라는 대답과 함께 도우미가 되겠다고 했습니다!」

탄포포 녀석, 일처리가 엄청 빠르잖아!

썬만이 아니라 네 명의 야구부 멤버… 다해서 다섯 명.

야구부의 머릿수를 생각하면 적지만, 참가 멤버가 화려하니 문제없어!

썬은 말할 것도 없지만, 나와 같은 학년인 시바와 아나에는 코시엔에서 특히나 활약한 녀석이고, 쿠츠키 선배와 히구치 선배는 프로에 들어갈 게 유력하다는 말을 듣는 3학년이다.

그들이 참가한다면… 보이기 시작했어!

내 멋지기 짝이 없는 왕도적 청춘 쥬브나일이. …우헤헤.

"죠로, 그 얼굴은 조심해. 나중에 네가 안 좋은 꼴을 당하는 패턴이거든?"

"윽! 히마와리한테도 똑같은 소릴 들었어…."

"하하! 역시나 소꿉친구로군! 너에 대해 잘 알잖아! 아니, 나도 그 점에 대해서는 지지 않을 자신이 있지만! 죠로, 문제가 생기면 언제든지 말해 줘! 내가 척 하고 밝혀 내 해결해 주지!"

썬, 최근…이 아니라 여름 방학이 끝난 뒤로 꽤나 텐션이 높네.

분명 그 여름 축제 날에 말했던… 아니, 이 이상 생각하지 말자.

썬의 문제는 정면에서 부딪치며 전진하는 썬밖에 해결할 수 없어.

나는 어디까지나 도울 뿐. …그리고 그건 지금이 아냐.

지금 해야 할 일은… 모 낯가림 아가씨의 서포트다.

"뭐, 얘기하고 싶어지면 그럴게. 썬도 뭔가 문제가 생기면 언제든지… 응?"

왠지 옆에 앉아 있는 사잔카＝마야마 아사카가 이쪽을 힐끗힐끗 보는데….

"으음! 아~! 바쁘다, 바빠! 막대기 쓰러뜨리기 연습도 해야 하고, 100미터 달리기 연습도 해야 하니까, 정말로 바빠! …하, 하지만 누구 씨가 꼭 좀 도와 달라고 부탁하면 노점 정도는 도와주지 못할 것도 없지만! 뭐, 혼잣말이지만! 그냥 혼잣말이지만!"

그런가. 혼잣말이라면 반응할 필요 없군. 엄청 큰 목소리지만.

"썬! 난 잠깐 화장실에 다녀올게!"

"응! 알았어!"

"…아! 왜 나한테는 말을 하지 않는 거야…."

아니, 나도 결코 너를 끌어들이고 싶지 않은 건 아냐.

솔직히 말하자면, 그러고 싶어도 그럴 수 없다는 게 진실이라는 걸 알아주면 기쁘겠어.

그 이유는… 기회가 있으면 설명하지….

※

점심시간.

오늘도 대성황인 도서실에서 휴식 시간이 되었기에 점심을 먹는 나.

같이 밥을 먹는 사람들은 팬지와 츠바키와 썬이다.

참고로 히이라기 말인데, 사람이 많은 도서실을 견딜 수 없지만 혼자 있으면 외로운지 구석의 인적 없는 곳에서 이쪽을 보며 덥석덥석 닭꼬치를 먹고 있다.

"팬지는 히이라기 쪽으로 갔나. 아쉽달까."

"그래. 죠로에게서 맹렬한 권유를 받아서 그만 승낙하고 말았어."

"권유한 건 내가 아니라 히이라기잖아. 멋대로 이야기를 날조하지 마."

"뭐, 괜찮잖아, 죠로! 그렇긴 해도 우리가 이렇게 정정당당히 승부하다니, 냉정하게 생각하면 지금까지 한 번도 없던 일이라 기대되는군!"

"그래. 그런 의미로 이번 일은 우리에게도 좋은 기회일지도."

게다가 이기면 내게 멋지기 짝이 없는 이벤트도 기다리고 있고요!

우케케케케… 이미 승리는 눈앞이다.

"키사라기 선배~! 천사 탄포포가 놀러 왔어요~! 어떤가요?

기쁘죠? 기쁘지 않을 리가 없죠! 우후후후후!"

그리고 그때 고민이라곤 하나도 없는 웃음을 띤 바보가 나타났다.

"여어, 잘 왔어. 탄포포."

평소라면 건성으로 대하겠지만, 오늘은 멋진 활약을 보여 준 대가다. 받아 주지.

"전 멤버를 잔뜩 모아 왔어요! 그러니까 칭찬해 주세요! 우후후!"

머리를 이쪽으로 들이밀지 마. 칭찬해 줄 테니까.

"그래그래, 잘했다, 잘했어. 수고했어."

"우후후~!"

본인의 희망을 참작하여 탄포포의 머리를 쓰다듬자, 꽤나 만족스러운 미소를 지었다.

응. 이럴 때의 탄포포는 귀엽지.

"하핫! 죠로, 말해 두겠는데 나는 전력으로 덤빌 생각이니까!"

물론이지, My favorite friend! 우리의 친근 울트라 다이내믹 우정 파워로 꾸왕꾸왕 빠슝빠슝으로 처리해 보자고!

"그러니까 정정당당하게 승부를 하지! ……죠로, 팬지!"

어라? 어라어라? 뭐야, 썬의 말이 이상하지 않나?

그는 내 편을 들어서 함께 츠바키 일행을 해치우는 걸 텐데, 왜 적인 것처럼….

"응? 오오가 선배는 무슨 말을 하는 건가요? 키사라기 선배는 아군인데요?"

그래! 순간 탄포포가 배신해서 츠바키 쪽에 붙었나 당황했지만 아니었어! 사람 놀라게 하지 마~! 이 상황에서 츠바키 쪽에 썬을 포함한 야구부 멤버가 붙으면 그건 이미 호랑이에게 날개를 달아 준 꼴이라고!

"무슨 소리야, 탄포포!"

그렇게 되면 어떻게 생각해도 우리에게 승산이….

"우리 야구부는 너를 포함해 모두 츠바키 팀이잖아? 죠로랑은 다른 팀이야!"

호랑이에게 날개가아아아!

"탄포포! 어떻게 된 거야?!"

"우후후! 키사라기 선배, 허둥대지 마세요! 오오가 선배가 착각하는 것뿐이에요! 착각하지 않게 이 종이에 이름을 적어 달라고 했어요!"

"종이…라고?"

"네! 이거죠! 우후후!"

종이 한 장을 꺼내는 탄포포. 그대로 활짝 웃으며 내게 보여 주었다.

…흠. 분명히 야구부 멤버가 각자 직접 이름을 써 냈군.

그렇다면 정말로 썬의 착각… 아니, 잠깐.

왜 탄포포가 점포의 내용과 참가자 이름을 적은… 모의 점포 신청 용지를 가지고 있지?

이건 코스모스가 츠바키와 히이라기에게만 줬고, 우리 점포 몫은 팬지가 가지고 있을 텐데. 게다가….

"어이, 탄포포. 이 종이, 제일 윗부분이 접혀져 있는데…."

"어머? 그리고 보니 그러네요. 대체 뭐가… 우왓?!"

용지의 접힌 부분을 펼친 직후, 탄포포가 얼빠진 소리를 내며 굳었다.

그도 그렇겠지. 탄포포가 가지고 있는 신청 용지의 접힌 부분을 펼치니… 이렇게 적혀 있었다.

"저, 저, 점포명… '따끈따끈한 튀김꼬치 가게'라고?!"

이름이 다르잖아! 저쪽 노점이잖아!

"우, 우훗! 우후후훗! 이거 안 되겠네요! 급한 일이 생각났습니다! 그러니 잠시 이 자리에서… 우훗!"

도망칠 수 있을 것 같냐! 곧바로 목덜미를 붙잡아 주었다!

"놔, 놔주세요, 키사라기 선배! 저는 지금 화장실이 엄청 급해서 프리티한 똥을 싸고 와야만 합니다! 놔주지 않으면 큰일 나거든요? 엄청 엄청난 걸 이 자리에서 터뜨릴 거거든요?! 전미가 울어요!"

"놔줄 리가 있겠냐! 변명을 할 거면 좀 제대로 된 걸로 해!"

남자라도 못 써먹는다, 그런 변명! 전미가 우는 똥은 뭔데?!

"어이, 탄포포. '나는 츠바키의 팀이 아니다'라고 말했지? 그런데 왜 이렇게 됐는지… 설명해 볼까?"

"어, 그게 말이죠…. 저는 분명히 키사라기 선배의 말대로 야구부 멤버들에게 권유를… 하기 전에 1교시 뒤의 쉬는 시간이 끝나기 직전에 츠바키 님이 와서 아주 맛있는 튀김꼬치를 먹여 주었습니다! 기가 막힌 맛이었습니다!"

"호, 호오. …그래서?"

"그 뒤에 츠바키 님에게서 '멤버 권유를 할 거면 여기에 이름을 적어 달라고 하면 된달까'라며 친절하게도 종이를 한 장 건네 주셨습니다!"

"그리고 접힌 부분을 모른 채 모두에게 서명을 받아 왔다?"

"그, 그렇습니다! 분명 솜털바라기가 되고 싶은 츠바키 님이 저에게 주는 공물로 신청 용지를 준비했다고 생각했는데, 설마 이런 게 적혀 있다니! 튀김꼬치에 빠져서 전혀 몰랐습니다! 교묘한 수단입니다! 역시나 츠바키 님!"

"하나도 교묘하지 않아! 왜 이렇게 멋지게 이용당하는데! 내 햄버그를 돌려줘!"

"이미 먹었습니다! 맛있었습니다!"

"그런 감상을 묻는 게 아냐!"

설마 1교시 후의 쉬는 시간이 끝나기 직전에 츠바키가 교실에서 나간 건… 아니, 그렇긴 해도 어떻게 츠바키는 내가 야구부 멤버를 끌어들일 거라는 걸 알았지?!

"죠로가 썬에게 말을 걸지 않은 시점에서 알았달까. 네 특기 기술이지? 자기가 미끼로 남고 다른 이를 움직이게 하는 건."

우오오오! 내 작전을 박살 내고 빼앗아 가지 마아아아아!

살짝 새콤달콤한 대화를 했다 싶었더니, 예상 이상으로 신맛이 강했다!

그렇다면 뭐야?! 나는 히마와리, 코스모스, 아스나로뿐만 아니라 우리 학교에서 제일 인기 있는 스타 집단, 야구부들까지 적으로 돌렸다는 건가!

"모호오우…."

"오오! 죠로가 절망했을 때의 이상한 소리가 나오는군!

…끝장이다. 아무리 생각해도 승산이 없어….

팬지가 동료라고 해도 이건 너무 힘든 조건이다.

하아…. 이거 얌전히 왕도적인 하렘 청춘 쥬브나일을 포기하는 편이 좋겠군.

아쉽지만 됐어. 어차피 지더라도 내게는 디메리트가….

"있잖아! 아스나로! 츠바키랑 히이라기의 성전에서 츠바키가 이기면 죠로한테 뭐든지 부탁할 수 있어! 무슨 부탁을 할까! 코스모스 선배는 죠로를 부모님에게 소개한대!"

"후후훗! 아직 정하지 않았습니다만, 정말로 엄청난 걸 부탁할 예정입니다! 정말로 뭐든지 되는 거죠! 뭐든지!"

성전의 비밀을 들켰다아아아아! 게다가 코스모스의 꿍꿍이가 보통이 아냐!

"하아~! 기대되네~! 죠로를 우리 집에 초대할 수 있다니! 어, 어쩌면 그대로 내 방에… 부, 부끄러워! 죠로, 그건 너무 성급해! 하, 하지만, 꼭 보고 싶다면… 우와! 우와아아아!"

그쪽의 성급함에는 따라갈 수 없군.

왜 혼자서 이상한 망상을 하며 몸부림치는데.

"키사라기 선배! 저는 햄버그를 먹고 싶습니다! 키사라기 선배가 제게 지면 또 햄버그를 요구하겠습니다! 또 참치마요 삼각김밥! 진심이 가득 담긴 참치마요를 먹고 싶습니다! 잔뜩이요, 잔뜩! 우후후후!"

닥쳐, 멍청이. 네 태세 전환은 왜 그리 빠른데?

"헤에~ 이번 승부에는 그런 규칙이 있나! 뭐, 우리 야구부는 딱히 그런 게 필요 없지! 그냥 노점에 참가시켜 주는 것만으로도 충분해!"

썬의 최소한의 자비는 고맙지만, 언 발에 오줌 누기다.

혹시 츠바키에게 히이라기가 졌을 경우 나는.

"하아…. 그러니까 충고했는데…."

미안합니다, 팬지 씨.

내 나름대로 열심히 숨겼습니다만, 그게 오히려 화근이 되었습니다….

"죠로, 스미레코! 나는 외로움이 한계야! 이제 혼자는 싫어! 같이 밥을 먹고 싶어! 얼른! 얼른얼른!"

멍하니 있는 나를 마구 흔드는 히이라기.

자기가 압도적인 위기에 빠졌다는 걸 전혀 모르는 모양이다.

…이런 상황에서 어떻게 이기란 말이지?

나의 문제는 알기 쉽다

방과 후, 도서실 일을 거들기 위해 온 나는 반납된 책을 원래 자리로 되돌리면서 지금 상황을 돌아보았다.

다음 주 토요일… 각 학급이 적팀과 백팀으로 나뉘어서 득점을 겨루는 일대 이벤트… 체육제가 있다. 그리고 그사이에… 츠바키와 히이라기의 성전도 있다.

체육제에서 각자 튀김꼬치와 닭꼬치 노점을 열고 더 많이 판 쪽이 승리.

또한 평소의 성전은 개인전이었나 본데, 이번에는 노점 형태인 이유도 있어서 단체전.

정식으로 겨루는 건 체육제 당일인데, 실제로는 츠바키, 히이라기가 각자 노점 일을 돕는 멤버를 찾는 것에서부터 시작.

전광석화의 속도로 코스모스, 히마와리, 아스나로라는 각 분야의 전문가를 멤버로 끌어들인 츠바키에 대항하여 가슴만 펴고 아무것도 하지 않는 히이라기.

이미 이 시점에서 승패는 결정되었다고 해도 좋았겠지.

하지만… 그래도 나는 히이라기 팀의 멤버로 참가하여 츠바키 쪽과 적이 됐다.

모든 것은 '성전의 승자는 패자에게 어떤 명령이든 내릴 수 있다'는 특전을 얻은 후 미소녀들에게 내 욕망을 터뜨리기 위해서… 기막힌 합법 하렘을 만들기 위해서!

물론 그걸 위한 사전 준비도 게을리하지 않았다.

안 그래도 두려운 츠바키뿐만 아니라 코스모스, 히마와리, 아스나로를 상대로 하는 싸움이다.

이쪽도 거기에 필적하는 전력을 모으지 않으면 승산이 없겠다 싶어서, 코시엔에서 준우승을 거두고 운동 신경, 팀플레이, 학교 안에서의 카리스마, 모든 면에서 대단한 힘을 가진 니시키즈타 고등학교 야구부를 동료로 끌어넣으려고 했다…지만, 그 작전은 츠바키에게 간파당해서 실패.

동료가 되었어야 할 야구부 멤버는 어느 틈에 모두 츠바키 팀에 소속되어서 보다 강대한 적을 상대하게 되었다.

결과적으로 현재 각각의 팀 멤버는,

츠바키 팀 : 츠바키, 코스모스, 히마와리, 아스나로, 썬… 더불어 야구부 네 명에 똥멍청이…까지 해서 총 열 명.

히이라기 팀 : 히이라기, 팬지, 나…로 총 세 명.

이 압도적인 전력 차를 봐라. 이미 어떻게 이기란 말인가 싶은 상황이다.

원래 이 시점에서 얌전히 모든 것을 포기하고 즐거운 추억 만들기로 이행하고 싶었지만, 나는 어떻게든 이겨야만 할 상황이 되었다.

왜냐면 성전의 특전… '성전의 승자는 패자에게 어떤 명령이든 내릴 수 있다'의 존재를 모르는 줄 알았던 코스모스 일행이 분명히 알아 버렸기 때문이다.

아무리 생각해도 내게 말도 안 되는 명령이 떨어지겠지. 그걸 저지하기 위해서는 이길 수밖에 없다.

뭐, 이기고 싶은 이유는 그것만이 아니지만.

…실은 부탁을 받았다.

평소부터 계속 신세 졌던 누군가에게 '츠바키에게 이겨'라고.

그러니까 어떻게든 이기도록 하지!

지금까지 강대한 힘을 가진 상대와 몇 번이나 싸워 왔다.

그 경험으로 나는 잘~~ 알고 있지!

어떻게 하면 나보다 강한 상대에게 이길 수 있는지를!

상대가 강대하다면 그 이상으로 노력해서 강해진다!

……같은 짓은 하지 않고, 상대에게서 힘을 빼앗으면 되는 거죠!

따라서 정당한 수단밖에 좋아하지 않는 왕도적 주인공인 나는 야구부 멤버를 빼돌리려고 했지만… 멋지게 실패.

그러려는 순간 츠바키가 '참가 멤버는 일단 용지에 기입했으면 변경 금지랄까'라며 룰을 추가시켰기 때문이다.

이 정도면 내가 한소리 해도 될까? ……츠바키 너무 무서워!!

지금까지 절체절명의 상황에 몰린 경험이 몇 번이나 있었지만, 이번 건 특히나 심하다. 딱 잘라서 Worst 1위다.

작전이 저지당하는 것뿐이라면 낫지만, 덤으로 상대가 파워 업한다고!

향상심도 적당히 해! 강한 녀석은 더 강해지면 안 돼! 못 이기잖아!

다만 아슬아슬하게 다행인 점이라면 이 이상 상대의 멤버가 늘어날 일은 없다는 거야.

츠바키 본인에게서 '이 이상 늘어나도 일손이 남으니까 멤버 모집은 여기까지일까'라는 언질을 받았고.

그런 걸 받는다고 이쪽 멤버가 늘어나는 것은 아닙니다만.

하아… 정말로 어떻게 하지….

이제 우리 학교에서 멤버가 되어 줄 만한 녀석이라고는….

"있잖아, 죠로. 잠깐 시간 있어?"

반납받은 책을 원래 장소로 되돌리고 새롭게 책을 가지러 접수처로 가려던 때에 내게 말을 걸어온 사람은 카리스마 그룹의 E코… 다시 말해 아이리스=메자키 에후미다.

내 손에 쪽쪽 사건의 현장에 있었기에 그녀도 성전의 사정을 알고 있다.

"왜 그래, 아이리스?"

"있잖아, 지난번에 너희에게 꽤나 폐를 끼쳤으니까, 체육제까지는 우리가 도서실 업무를 할게! 그러니까 너희는 노점 준비를 해!"

지난번의 폐라면… 아, 자기 남친(민트)을 시켜서 나를 좋아한다고 말하게 하여 공포심을 심어 주고 나와 사잔카를 연인 사이로 만들려고 했던 것 말인가.

그거라면 도서실 일을 거드는 걸로 타협했는데….

"괜찮겠어?"

"물론! …이라고 해도 절반은 구실이지만!"

"어? 구실?"

"그래! 죠로 말이지, 노점 멤버를 찾고 있지?"

"뭐, 그렇긴 한데…."

왠지 아이리스는 의미심장한 미소를 지으며 이쪽을 봅니다만….

"아니, 실은 말이지~! 전혀 모르겠지만! 어쩌다가, 우연히도, 운 좋게도! 모의 점포 일을 해 보고 싶어 하는 여자애가 한 명 있지 뭐야~! 정말로! 전혀 모릅니다만! 그러니까 그 애한테도 말을 걸어 줬으면 하는데…."

그렇게 말하며 아이리스는 시선을 독서 스페이스로 이동.

그래서 나도 거기에 편승해서 시선을 독서 스페이스로 이동.

그러자 그곳에는….

"스미레코의 쿠키, 맛있어! 과자, 잘 만드네!"

"그렇게 말해 주니 기뻐."

쿠키를 냠냠 먹으면서 오랜만의 동성 친구의 탄생에 신이 난 히이라기와, 그런 히이라기를 먹이로 길들였는데도 평소처럼 담담하게 무감정한 모습인 팬지.

그리고 마지막으로 또 한 명….

"그, 그러고 보니, 팬지는 그 애랑 죠… 어흠. 그 녀석이랑 같이, 체육제에서 노점을 낸다며? …뭐! 딱히 흥미는 없지만! 어떻게 되어도 전혀 상관없지만!"

왠지 어색한 기색으로 '흥미 없다 어필'을 하는 사잔카가 있었다.

"어때? 저 애, 하고 싶어 하는 분위기잖아?"

"본인은 '어떻게 되어도 전혀 상관없지만'이라고 말하는데?"

"그거야 뭐 특기잖아?"

"……."

…아니, 나로서도 사잔카가 동료가 되어 준다면 너무나 든든하다.

사잔카는 착실한 성격이고, 평소의 태도에서는 상상도 안 갈 정도로 꼼꼼한 녀석이다.

요리도 잘하고, 나와 히이라기, 그리고 팬지에게는 없는 높은 커뮤니케이션 능력까지 가졌다. 다시 말해 노점에 참가해 주면 회계, 조리, 접객, 어떤 분야에서도 힘을 발휘해 주는, 든든한 여자다.

하지만, 하지만 말이야…. 사잔카에게는 커다란 문제가 하나 있다.

그것은 결코 평소의 약간 공격적인 일면이 아니다.

더불어서 말하자면 사잔카 자신은 전혀 나쁘지 않다.

그럼 그 문제가 뭐냐 하면 말이지….

"힉! 갑자기 큰 소리를 냈어! 무서워!"

"딱히 아무 짓도 안 했어! 그냥 노점 이야기를 물었을 뿐이잖아!"

"고함을 질렀어! 역시 무서워!

"뭐라고~?"

저 두 사람의 궁합이 지독하게 안 좋아….

똑 부러지는 사잔카와 극도로 태만한 히이라기.

커뮤니케이션 능력이 높기로 정평이 나 있지만, 사잔카는 자각 없이 남을 위협하는 경향이 있다. 그리고 그것은 히이라기에게 최악.

독서 스페이스에서의 대화만 봐도 저 모양. 히이라기는 사잔카에게 겁먹어서 팬지의 등 뒤에 숨었으니, 같이 노점 일을 시켰다간 꽤나 위험할 것 같다.

"저 두 사람, 궁합이 최악일 것 같은데?"

"그거야 뭐! 죠로가 어떻게든 하는 방향으로!"

그렇게 간단히 말하지 마라, 아이리스. 사잔카는 성실해서 든든하지만, 야성적인 일면을 드러낸 순간 제어 불능이 된다고.

"사잔카라면 괜찮아! 죠로의 부탁이라면 뭐든지 들어주니까!"

"…아무리 그래도 뭐든지는 아니지…."

"그럴 리 없을걸! 후훗!"

너무 한가운데 직구로 그렇게 말하면 반응하기 곤란하니까 참아 주세요.

하지만 그래…. 이미 가릴 상황이 아냐.

저렇게 강대한 상대와 승부하게 된 이상, 안전한 길이 아니라 조금 위험하더라도 대가가 큰 길을 택하지 않으면 이길 수 없겠지.

그렇다면… 할 수밖에 없나.

"어어… 히이라기."

"아! 죠로다! 죠로도 여기에 앉아서 같이 이야기하자!"

내가 조마조마한 심정으로 독서 스페이스로 향하자, 환한 표정을 짓는 히이라기.

"아니, 나는 아직 휴식 시간이 아니니까 못 앉는데… 소개하고 싶은 사람이 한 명 있어….''

"누구?"

놀라서 고개를 갸웃거리는 히이라기의 시선을 받으면서 나는 척척 사잔카의 옆으로.

가능하다면 어깨에 터억 손이라도 얹는 편이 소개답지만, 그랬다간 잘해야 철권제재(鐵拳制裁), 최악의 경우에는 분쇄 골절이니까 안 한다. 어디까지나 옆에 서기만 한다.

"이 애는 나랑 같은 반이고 마야마 아사카… 사잔카라고 하는데. 저기… 우리 노점을 도와 달라고 할까 해."

"하아아아아?! 소개해 달라고는 한마디도 안 했거든! 이래 보여도 꽤… 아니, 폭렬하게 바쁘니까! 뭐, 뭐어… 네가 꼭 좀 부탁한다고 하면 도와주지 못할 것도 없지만! …한없이 한가하고!"

폭렬하게 바쁜 거냐, 한없이 한가한 거냐, 확실히 해 줬으면 싶다.

"괘, 괜찮아! 죠로, 인재는 풍부해! 시간 있어!"

"풍부하지 않고, 시간도 없어. 히이라기… 이대로 가다간 츠바키에게 질걸?"

"윽!"

히이라기는 울상을 지으며 내게 호소했지만, 츠바키의 이름이 나온 순간 우뚝 움직임을 멈추었다.

"저쪽은 열 명, 이쪽은 세 명. 이대로 가면 안 된다는 건 너도 알고 있지?"

"그건… 하지만… 무서워…."

제일 큰 문제는 멤버 부족보다도 히이라기의 낯가림이지.

이걸 어떻게 하지 않으면 진짜로 당일에 사고로 이어질지도 모른다.

"히이라기, 말했지? '죠로가 신용해서 데려오는 사람이라면 나도 믿을 수 있다'라고."

"…말했어…."

"나는 사잔카를 신용하고 있어. 그러니까 너도 사잔카를 신용해.”

“시, 신! 신용이라고 했어! 어, 어쩌지! 이, 일이 커졌어!”

진정해, 사잔카. 네가 멋대로 큰일로 여길 뿐이야.

“모토키, 나도 죠로의 의견에 찬성이야. 이대로 가면 분명히 져. 나는 지는 걸 별로 좋아하지 않아.”

“…스미레코.”

고맙다, 팬지. 무슨 꿍꿍이인지는 모르지만, 너도 참가만 하는 게 아니라 제대로 팀 멤버로 움직여 주는구나.

“그러니까 우리도 든든한 동료를 모아야지. …괜찮아, 사잔카는 무섭지 않아.”

“하지만….”

팬지의 등 뒤에서 슬쩍 얼굴을 내밀고 사잔카를 바라보는 히이라기.

그 힘없는 눈동자를 알아차렸는지, 사잔카는 살짝 겸연쩍은 표정이다.

“저, 정말로 아무 짓도 안 해…. 저기… 아까는 큰 소리 내서 미안해….”

“……나, 나야……말로, 미…안…해….”

얼굴을 붉히며 부끄러운 듯이 사과하는 사잔카, 그리고 낯가림을 성대하게 발휘하여 제대로 말할 순 없지만 본인 나름대로 열심히 사과하는 히이라기.

일단 어떻게든 되었나? 그럼 곧바로….

"어어, 사잔카. 히이라기의… 아니, 우리의 노점을 도와줄 수 있겠어?"

"조, 좋아! 그 말 자체가 늦었어! 나는 계속 기다…… 헛! 그, 그렇게까지 말한다면 도와줘야겠지! 특별이니까! 이번에는 우연히 마음이 내켜서 도와줄 뿐이니까!"

여전히 '헛!'을 남발하는 사잔카였지만, 아무튼 참가해 주는 모양이다.

간신히 멤버가 네 명이 되었다…라고 내가 안도하자,

"우후후! 잘됐네, 사잔카! 죠로랑 같이 노점을 하고 싶어 했잖아!"

"아니! 따, 딱히 나는 그렇게까지…."

활짝 웃는 아이리스가 사잔카를 축복 겸 놀리러 나타났다.

"그럼 죠로와 팬지와 사잔카! 도서실은 잠시 우리에게 맡겨! 그보다도 노점 이야기를 해! …아! 여기면 사람이 많아서 집중할 수 없을 테니까 어디 다른 장소… 예를 들어서 죠로네 집이라든가…."

"히이라기, 노점에 대한 회의를 하고 싶으니까, 이제부터 너희 노점으로 가도 될까? 일단 체육제 때 판매할 닭꼬치를 먹어 보고 싶고."

"…칫. 교묘히 도망쳤나…."

지극히 당연한 수단이야. 왜 회의 장소로 우리 집을 쓰려고 드는데?

닭꼬치 노점 이야기라면, 어떻게 생각해도 닭꼬치 노점에서 해야지.

그리고 문제의 히이라기의 허가 말인데….

"우리 노점? …기뻐! 와 줘! 친구를 부르는 건 아주 오랜만이야! 스미레코, 죠로! 그리고… 무섭지 않은 아사카를 초대할게!"

순순히 허가를 Get. 오히려 신이 난 모습이다.

"왜 나만 이상한 호칭이야…."

"하지만 죠로. 괜찮을까?"

"괜찮냐니… 뭐야, 팬지?"

"이대로 모토키네 노점에 가면, 멤버를 더 모을 수 없어져. 아직 사람이 부족하다고 생각하는데?"

"나도 팬지의 의견에 찬성이야. 노점을 운영할 거면, 최소한 조리에 한 명, 회계에 한 명, 거기에 가능하다면 회계와는 별도로 상품을 건네주는 사람도 있는 편이 좋겠지. …그리고 줄 정리와 접객으로 노점 앞에 한 명… 다 해서 네 명. 일단 아슬아슬하게 채우긴 했지만, 우리는 체육제에서 각 종목에 나갈 때가 있으니까, 한 명이라도 빠지면 힘들어져. 그러니까 최소한 한 명은 더 있는 편이… 헛! 아, 아마도지만! 전혀 잘 아는 게 아니니까, 감이지만!"

대단하군, 사잔카. 마치 미리 노점에 대해 상세하게 조사한 것처럼 잘 알잖아. 참 무시무시한 감이군. 아니, 참고로 할게.

"어때, 모토키. 사잔카는 든든하지?"

"대단해! 무섭지 않은 아사카는 노점에 대해 밝네!"

"아마도야, 아마도! 딱히 밝은 건 아니니까!"

사잔카 씨의 얼굴이 새빨갛지만, 뭐, 그건 넘어가자.

그보다도 문제는 팬지와 사잔카의 말처럼 아직 해결되지 않은 멤버 부족.

우리는 체육제 때 노점을 내지만, 그것만 하는 게 아니다. 체육제의 본분은 백팀과 적팀으로 나뉜 운동 시합. 즉, 나도 팬지도 히이라기도 사잔카도 출장하는 종목이 있다.

지금 상태로 가면 누구 한 명이라도 출장 종목을 위해 빠질 경우, 사잔카의 **감에 따르면** 노점 자체가 돌아가지 않는 모양이니까, 멤버를 두 명 정도 더 확보하는 편이 좋다는 소리.

가능하면 사잔카와 함께 카리스마 그룹 애들을 끌어들이고 싶지만, 그녀들은 토요일까지 도서실 업무를 맡아 주니까 이 이상 부담을 주고 싶지 않다.

그러니까 달리 누군가에게 권유를 해야만 하는데… 사실대로 말하자면 나는 방과 후까지 권유에서 연전연패였다.

아야노코지 하야토는 '히마와리의 적이 될 수 없다!', 아루후와와 베에타는 '으음! 우리는 체에, 유욱~! 제에 전력을 다해 참가

하고 싶다!'라면서 카비라 씨 풍의 말로 거절당했다.

솔직히 말해서 내가 말을 건다고 참가해 줄 만한 사람은 이미 거의 없다.

그렇다면 별로 하고 싶지 않지만… 역시 **그 녀석들**을 부를 수밖에 없나….

"팬지, 사잔카. 멤버는 일단 짚이는 데가 있으니까 괜찮아. 아니, 내가 연락해서 히이라기의 노점으로 오라고 할게. …히이라기, 우리 이외에 두세 명 정도 노점에 부르고 싶은데… 괜찮을까?"

"괜찮아! 죠로가 데려와 주는 사람이라면 신용할 수 있어! 게다가 만일의 경우 무섭지 않은 아사카가 족족 날려 버릴 거야!"

그럴 거라고 생각했다.

"왜 내가 날려 버려야 하는데! 난 폭력 같은 거 싫어하니까!"

미안, 무슨 소린지 잘 모르겠어.

"힉! 역시 무서워! 또 소리쳤어! 무섭지 않은 아사카는 죠로에게만 착해! 특별 대우야!"

"앗! 그, 그렇지 않아! 딱히 이 녀석만 특별 대우인 거 아니야! 그저 얼마 전에 신세를 좀 졌고, 기쁜 말도 좀 들었으니 감사하고, 가끔은 멋진 면이 있으니까 힘이 되고 싶을 뿐이지! 보통이야! 보·통!"

그래. 나와 사잔카의 관계는 지극히 보통이다.

본인이 그렇게 말하니까 틀림없어.

"두세 명? 죠로, 그건 혹시….."

역시나 팬지. 내가 누구를 부르려는 건지 그 숫자에서 눈치챘나.

"그래, 아마 네 예상이 맞을 거야. 확실히 **룰에 입각했고**, 문제없겠지. **그 녀석들**이라면 분명히 츠바키가 아니라 우리 편에 붙어 줄 거고."

"…그래. **네 명**이 아니라면, 조금 비겁하다 싶긴 해도 문제없어."

미묘하게 걸리는 말을 하잖아….

어쩔 수 없지. 나도 가능하다면 정공법으로 멤버를 모아서 츠바키 팀과의 승부에 임하고 싶었다. …하지만 아무래도 상대가 너무 안 좋다.

그럼 조금 비겁한 수를 쓰더라도 죽어라고 이기러 가는 수밖에 없다.

왠지 그게 일상적이 된 기분이 들어서 한심하지만….

하아…. 가끔은 썬처럼 정면에서 문제를 해결하고 싶네.

※

"여기가 우리 노점야!"

도서실 일을 카리스마 그룹에게 맡긴 우리는 학교를 뒤로하고 히이라기의 집 겸 노점인 '씩씩한 닭꼬치 가게'를 방문했다.

장소는 상점가 모퉁이. '따끈따끈한 튀김꼬치 가게'에서 도보로 15분 정도 되는 곳이다.

"헤에~ 깨끗한 노점네. 뭔가 커다란 꽃도 장식되어 있고, 이제 막 오픈한 걸까. …아, 2호점이라고 적혀 있는 걸 보니 본점은 또 따로 있어?"

"응! 무섭지 않은 아사카의 말처럼 본점은 따로 있어! 그곳은 아빠가 점장이고, 이곳은 오빠가 점장이야! 나는 도우미야! 2호점은 이제 막 열어서 아주 깨끗한 노점야!"

"줄이 대단하네…. 우리는 그냥 들어가도 되는 걸까?"

팬지의 말처럼 노점 앞에는 기다란 줄이 늘어서 있었다.

노점 자체의 맛도 있지만, 오픈한 지 얼마 안 되는 노점라는 것도 손님을 끌었겠지.

츠바키의 노점도 지금은 좀 진정되었지만, 오픈 직후에는 엄청나게 바빴고.

"괜찮아! 저쪽 뒷문으로 들어가면 금방이야!"

히이라기가 눈에 띄게 신이 난 태도인 이유는, 이렇게 친구를 초대할 수 있는 게 기뻐서겠지. …하지만 이대로 노점 안에 들어가서 이야기해도 괜찮을까?

이 낯가림쟁이가 혼잡한 노점 안을 견딜 수 있을 것 같지 않은데….

"모두에게 내가 만든 닭꼬치를 먹여 줄게! 아주, 아주 맛있어!"

본인은 의욕이 넘치는 모습이고, 히이라기의 노점이라면 이 녀석의 오빠도 있을 테고, 최악의 사태는 일어나지 않는다…고 믿자.

히이라기의 안내에 따라 노점 뒷문으로 들어간 우리는 그대로 객석…이 아니라 노점의 사무실로 안내를 받았다. 아무래도 이렇게 대성황인 상황에서 객석으로 바로 안내하는 건 다른 손님들이 받는 인상으로도, 히이라기의 낯가림으로도 불가능했겠지. 그러니까 내 걱정은 걱정만으로 끝.

참고로 들어오는 동시에 히이라기의 오빠는 히이라기가 친구를 데려온 것에 감동한 나머지 가볍게 소동을 일으켰다. 그리고 그 사례로 우리에게는 각자 닭꼬치 모둠 무료 쿠폰이 나왔다. 조금 득 본 기분.

그 뒤에 '그럼 닭꼬치 만들어 올 테니까 기대하고 있어 줘!'라는 말과 함께 신이 난 히이라기의 지시에 따라서 우리 셋은 사무실의 파이프 의자에 착석하여 대기.

그리고 얼마 지나서,

"다들 오래 기다렸도다! 이게 내가 만든 닭꼬치로다!"

닭꼬치 노점 유니폼으로 갈아입은 히이라기가 기쁘게 가슴을 펴며 닭꼬치를 가져 왔다.

"왜 너는 갑자기 분위기가 변하는 거야!"

사잔카, 정확한 지적이다.

"힉! 갑자기 소리 지르는 건 좋지 않아! 무섭지 않은 아사카!"

"아, 사잔카. 히이라기는 이런 녀석이야…. 열심히 애쓸 때는 분위기가 미묘하게 변한다고 할까, 뭐라고 할까…."

"미묘 정도가 아니라 엄청 변했어! 완전히 다른 사람이잖아!"

"그렇지 않도다! 지금과 방금 전의 나의 차이 따위는, 닭과 돼지 정도의 차이로다!"

완전 달라. 조류랑 포유류잖아.

"참나…. 무섭지 않은 아사카는 금방 고함을 지르는군. 칼슘 부족이다. 츠바키처럼 우유를 많이 마시면 좋다."

그건 칼슘 섭취를 위한 게 아니라…. 응, 뭐, 됐어.

"그럼 나는… 무섭지 않은 아사카의 옆에 앉지! 닭꼬치, 많이 만들어 왔으니까, 많이들 먹어라! 어서! 어서서서!"

"으아아! 들이대지 않아도 먹을 거니까, 그만해!"

나와 팬지와는 테이블을 사이에 둔 반대편… 사잔카의 옆에 앉은 히이라기가 그대로 닭꼬치를 사잔카의 입가로 들이밀었다. 이 녀석은 엄청나게 낯을 가리지만, 신용한 상대에게는 정말로 싹싹하게 구는군. 힘내라… 사잔카.

"참나… 닭꼬치에 그 정도의 차이가…… 우와! 맛있어!"

"정말로 맛있네. 이거라면 츠바키의 튀김꼬치에도 뒤지지 않아."

"흐흥~! 그렇지! 내 닭꼬치는 츠바키의 튀김꼬치에게 지지 않아!"

히이라기가 구워 온 닭꼬치를 먹고 눈을 동그랗게 뜨는 사잔카.

팬지는 담담한 태도지만, 잘 보니 입가가 풀어져 있었다.

나도 먹어 보았지만, 여전히 맛있다.

히이라기의 닭꼬치는 씹으면 육즙이 좌악 흘러나오지. 소스는 대대로 전해져 오는 비전 소스라서 맛있고, 소금 양념도 절묘해서… 정말로 닭꼬치 만드는 솜씨만큼은 대단하다.

"굉장해! 이렇게 맛있는 닭꼬치를 먹은 건 처음이야!"

"비결은 불 조절인 것이다! 닭꼬치는 구이대의 어디에 두냐에 따라서 온도가 다르니까 잘 조정해서 육즙이 도망가지 않게 강불로, 그리고 너무 구우면 딱딱해지니까 그걸 주의해야 하느니라! …나중에 무섭지 않은 아사카도 해 보겠느냐?"

"그래도 돼?! 응, 해 볼래!"

"조, 좋았어! 친구와 함께 닭꼬치를 만들다니 오랜만이로군!"

"와아! 이렇게 맛있는 닭꼬치를 만드는 법을 배우다니… 어흠. 아니, 그게 아니었지. 그 전에 체육제 이야기를 해야…. 응, 맛있네."

신이 난 모습을 나와 팬지에게 보이는 게 부끄러운지, 사잔카는 살짝 얼굴을 물들이면서 닭꼬치를 조금씩 먹었다.

"그래. 슬슬 다른 멤버도… 오, 연락이 왔다. …여보세요. 지금 어디쯤에… 아, 노점 앞에 왔나. 그럼 데리러 갈게."

걸려 온 전화를 받고 일단 끊은 뒤에 살짝 숨을 골랐다.

"히이라기, 지금부터 네가 처음 만나는 녀석을 데려올 건데… 도망치지 마라?"

"괘, 괜찮다! 무섭지 않은 아사카의 뒤에 잘 숨어 있을 테니!"

"아니! 왜 나한테 달라붙는데! 떨어져!"

"싫다! 무슨 일이 있으면 무섭지 않은 아사카가 도와줘야 하느니라!"

"끄아아아! 너 대체 뭐야!"

그럼 여기는 사잔카와 팬지에게 맡기고, 나는 녀석들을 데리러 갈까.

제길. 결국 와 준 사람은 두 명이고, 또 한 명은 오지 않았나. …아쉽군.

"역시 당신들이었네."

"어! 뭐야?! 다, 당신은!"

내가 데려온 두 사람을 확인하고 납득한 팬지.

반대로 사잔카는 꽤나 놀란 표정을 지었다.

뭐, 놀라는 이유는 모를 것도 아니다. 애초에 내가 데려온 사람은….

"얏호! 지난번에 보고 또 보네! 죠로찌, 스미레코찌, 사잔카찌!"

"오랜만이군, 죠로, 산쇼쿠인. 그리고 돌인… 어흠, 처음 보는 여자가 두 명인가."

토쇼부 고등학교 학생회장… 체리＝사쿠라바라 모모와 토쇼부 고등학교 야구부… 돌인형 안구의 후우＝토쿠쇼 키타카제니까.

"잠깐, 너! 왜 다른 학교 학생을 부르는 거야! 이건….

"문제없잖아? 노점에 참가하기 위한 자격은 **학생**이라는 말뿐이거든? 어느 학교의 학생이라는 지정은 없으니까, 토쇼부 고등학교 녀석이 있어도 전혀 문제없어."

그래. 이것이야말로 내가 쓴 멤버 모집의 최종 수단.

니시키즈타 고등학교에서 멤버를 찾을 수 없다면 토쇼부 고등학교에서 멤버를 찾는다.

그것도 미남이며 슈퍼 성실한 후우와 감정적이 되면 실언이 튀어나오지만 밝고 분위기를 잘 이끌어 가는 체리라면 전력 면에서도 든든할 게 틀림없다.

가능하다면 세 번째 인물… 작은 체구에 다이너마이트 보디인 츠키미＝쿠사미 루나도 부르고 싶었지만, 이건 아쉽게도 실패.

"난 호스 옆에 있고 싶어."라면서 팬지가 말했던 '네 번째 인물'의 부재를 이유로 거절했다.

…어? 내 상위 호환이며 궁극의 치트남인 호스＝하즈키 야스오는 왜 안 불렀냐고? …아니, 부를 리가 없잖아. 난 그 녀석이 싫다고.

아무리 궁지에 몰려도 호스에게 일방적으로 빚을 지는 건 사양이야.

애초에 녀석은 약속 사정상 팬지와 팬지의 친구들에게 접근할 수 없고 말도 할 수 없으니까, 근본적으로 참가가 불가능하다. 진짜 꼴좋게 됐지.

"죠로, 하찮은 소인배의 냄새가 나고 있거든?"

"안 나! 그냥 평소랑 같아!"

"그래. 분명히 당신은 항상 소인배의 냄새로 가득해. 후훗."

짜증나네. 팬지 녀석, 싱글거리면서 사람을 놀리고 있어….

왜 갑자기 기분 좋아졌냐고.

"아하하하! 정말이지, 죠로찌랑 스미레코찌는 평소랑 다르지 않네! …그럼 나도 앉아 볼까. 실례하겠습니다~!"

체리가 자기 집인 듯 사잔카의 옆에 있는 파이프 의자에 착석.

이전에 '따끈따끈한 튀김꼬치 가게'의 사무실에 왔던 모습이 떠오르는군.

"그럼 나도 실례하지."

이어서 후우가 내 옆에 착석했다.

"그럼 자기소개를 할까! 나는 토쇼부 고등학교에서 학생회장을 맡고 있는 사쿠라바라 모모! 체리라고 불러 줘! 이번에는 모두의 모의 점포를 도우러 왔어!"

"고맙습니다, 체리 씨."

"괜찮아~! 모의 점포라니 재미있어 보이고, 죠로찌에게는 '다음에 확실히 사례를 한다'고 약속했으니까! 그 빚을 갚으러 온 거야! 아, 학생회 문제는 걱정하지 마! 리리스찌에게 제대로 다 떠넘… 맡기고 왔어!"

떠넘겼구나. 힘내라, 리리스. 또 남장을 하고 습격해 오면 안 된다?

"토쇼부 고등학교 야구부의 토쿠쇼 키타카제다. 잘 부탁한다."

"후우도 와 줘서 땡큐."

"신경 쓰지 마라. 니시키즈타 고등학교에 갈 기회는 연습 시합 이외에 그리 없으니까. 최근 녀석과 별로 못 만나… 읍. 이전부터 노점을 경험해 보고 싶다고 생각했다."

"그, 그래. 일단 전화로 말했지만, 우리 야구부 멤버는 적 쪽에…."

"아니, 얼굴을 보는 것만으로도 충분… 읍. 지역 대회의 설욕전이라면 딱 좋겠군."

후우, 너 '읍'이 자꾸 나온다.

왜 이런 미남이 그런 바보에게 연심을… 세상에는 신기한 일
이 많다.

"…왠지 너랑은 마음이 맞을 것 같네. 나는 마야마 아사카…
다들 사잔카라고 불러! 잘 부탁해! 어어… 후우라고 하면 되지?"

"그래, 그거면 된다. 나도 이유는 말할 수 없지만, 너와는 꽤
마음이 맞을 것 같다."

응, 그래. 나도 사잔카와 후우는 아주 마음이 맞을 거라고 봐.

연애나 우정을 뛰어넘은 뭔가가 너희에게는 있어.

자, 체리와 후우의 자기소개는 끝났는데, 아직 자기소개를 하
지 않은 사람이 한 명 있다. 그게 누구냐 하면….

"히이라기. 너도 얼른 자기소개 해야지."

"나, 나도?! 하, 하지만 모르는 사람이다! 무섭다! 두렵다!"

바로 사잔카에게 딱 달라붙어서 떨고 있는 히이라기 말이다.

"적당히 해! 네가 그런 식이면 아무것도 할 수 없잖아! 자! 얼
른 자기소개 해!"

"힉! 아, 알았도다! 역시 무섭지 않은 아사카는 칼슘 부족이로
다. …나, 나는… 모토키 치후유…다…."

사잔카의 재촉이라고 할까, 고함에 더듬더듬 자기소개를 하는
히이라기.

도망치지 않은 것만 해도 다행으로 칠까.

"우윽! 무서웠다…. 하지만 제대로 자기소개를 했도다! 무섭지

128

않은 아사카, 나 열심히 했도다! 칭찬해 주거라!"

"알았어. 장하다, 장해."

"흐흥~ 더 칭찬해라~"

마음이 안 맞을 거라고 멋대로 단정 지은 건 잘못이었나.

진짜로 사잔카가 동료가 되어서 다행이다….

"어어… 아하하하, 왠지 꽤나 특이한 애네. …죠로찌."

"그쪽 사정도 앞으로 설명하겠습니다…."

체리, 그렇게 딱딱한 웃음을 짓지 말아 줘.

일단 그 녀석이 우리의 주 무기야….

아무튼 이런저런 일이 있었지만, 이걸로 우리… 히이라기 팀도 멤버가 모였다.

히이라기, 나, 팬지, 사잔카, 후우, 체리. 머릿수로도 전력으로도 불리한 사실은 아직 변함없지만, 그래도 이 여섯 명으로 츠바키 팀에게 도전해 이길 수밖에 없다.

"…아, 그렇지. 팬지. 신청 용지 말인데, 일단 체리 씨와 후우의 이름도 적어 놔 줘. 이름을 안 쓴 멤버는 참가 불가라고 하면 문제니까."

"그래, 알았어. 내가 책임지고 확실히 멤버 전원의 이름을 써서 코스모스 선배에게 제출할 테니까 안심해 줘."

왜 이렇게까지 꼼꼼하게 말하는지는 모르겠지만, 뭐 됐어.

그런 것보다도 이 멤버로 어떻게 츠바키네에게 이길지를 생각해야지!

그렇지 않으면 나는 말도 안 되는 명령을… 아아, 생각만 해도 무섭다!

사무실에서 여섯 명이 테이블 주위에 모여 앉아 시작한 제1회 닭꼬치 노점 회의.

장소와 멤버는 다르지만, 이전에 내가 소속되었던 학생회의 분위기가 떠올랐다.

그 무렵에는 코스모스가 학생회장으로 회의를 주도했지만, 지금은 없으니까,

"그럼 일단 역할 분담부터 정해야지!"

또 한 명의 학생회장의 힘을 믿어 보도록 하자.

이렇게 보여도 역시나 토쇼부 고등학교에서 학생회장을 맡고 있을 만하군.

회의가 시작되자, 홈그라운드가 아니라도 회의를 주도해 주니까 아주 든든하다.

"우리는 노점을 내 본 적이 없으니까 모르겠는데, 어떤 역할이 있지?"

""체리 씨, 그거라면 여기에 자료가….""

그때 한 목소리를 내며 가방에서 무슨 종이를 꺼낸 인물은 사잔카와 후우였다.

"우왓! 두 사람 다 준비성이 좋네! 우히히! 그렇게 의욕이 가득했어?"

"우연히! 우연에 우연으로 운 좋게 자료를 찾았으니까 가져왔을 뿐입니다!"

"나도 우연에 우연으로 운 좋게 자료를 찾았을 뿐입니다."

알고 있어. 우연에 우연으로 운 좋게 자료를 찾은 거지?

착각하지 말아 줘. 어디까지나 우연이거든?

"OK! 그럼 두 사람의 자료를 보면서… 응! 대략적인 역할은 세 가지! 조리, 회계, 접객인가! 아, 하지만 회계를 두 사람으로 정해서, 돈을 받고 거스름을 주는 사람과 상품의 인도를 맡는 사람을 따로 두는 편이 좋을지도! 최악의 경우 혼자서 하는 경우도 생각하면… 최소한 세 명은 항상 노점에 있는 게 좋겠어! 그럼 희망 분야가 있는 사람은 말해 봐!"

"사쿠라바라 선배, 저는 회계를 맡겠습니다. 도서실의 접수… 와는 조금 다르지만, 공통된 점도 있을 테니까요."

그렇지. 팬지는 그걸 맡아 주는 게 제일 좋아.

도서실에서도 접수처에 밀려드는 학생들을 처리하는 속도가 장난 아니고.

"그리고 무슨 사고가 발생했을 때를 대비해서 한 명이 두 가지 역할을 맡을 수 있도록 하는 게 좋을 거라 생각합니다. 회계와 접객은 여차하면 준비 없이 투입될 수도 있겠지만, 닭꼬치를 굽는 일은 사전에 연습이 필요하겠죠."

왠지 이번 일에서의 팬지… 대단하지 않아?

여름 방학에 나 몰래 진행했던 승부 때와 비슷하게, 승리에 집착하는 느낌이다.

"응! 나도 찬성! 그러니까 히이라기찌 이외에 닭꼬치를 구울 수 있는 사람이 두 명은 있는 편이 좋겠어! 담당하게 된 사람은 히이라기찌에게 배우는 방향으로! …그리고 그게 누구냐 하는 건데…."

"아! 나 하고 싶어! 히이라기한테서 배우기로 약속했고!"

"OK! 그럼 한 명은 사잔카찌로 결정이고, 또 한 명은… 닭꼬치를 구우면서 불을 쓰는 건 위험하고, 섬세한 작업이 필요하니까… 응! 어쩔 수 없네! 여기선 내가…."

"후우에게 맡기죠."

"죠로찌, 무슨 소리야!"

체리찌, 그런 소리야.

넌 허둥대면 여러모로 사고를 치잖아? 그러니까 항상 냉정하고 침착한 후우 쪽이 좋아.

"나인가. …알았다. 그럼 전력을 다해 맡도록 하지."

"그럼 같이 히이라기한테 배우자, 후우!"

"음, 맡겨 다오. 사잔카."

너희들 사이좋구나.

니시키즈타의 학생 중에서 탄포포 외에 후우가 별명으로 부르는 여자는 처음이다.

이게 츤데레 동지인가….

"우우~! 왠지 납득할 수 없어…. 그럼 나는 섬세한 계산이 필요한 회계 일을…."

"체리 씨, 내가 상품의 인도를 하면서 팬지를 도와 회계를 맡겠습니다."

"죠로찌, 무슨 소리야!"

체리찌, 그런 소리야.

넌 지난번에 학생회 물건을 사러 나갔을 때도 까먹고 안 사 온 게 있었잖아?

돈을 다루는 자리에서 그러는 건 아주 위험하니까. 그걸 저지하기 위해서야.

"난 이 중에서 제일 연상인데…."

아니, 너는 접객이 제일 잘 맞는다고 생각해.

커다란 목소리로 손님을 모으는 건 잘할 것 같은데?

"그럼 저와 죠로는 주로 회계. 상황에 맞춰서 접객. 사쿠라바라 선배는 항상 접객. 모토키는 항상 조리. 토쿠쇼와 사잔카는 임기응변으로 각각의 역할에 임하는 형태일까?"

"그렇군. 다만 문제는…."

그 말과 함께 내가 시선을 어느 인물이 있는 방향으로. 그러자 다른 멤버도 내 의도를 알아차렸는지, 모두가 한 인물에게 시선을 집중시켰다.

"하아~! 아무것도 안 해도 이야기가 쑥쑥 진행되는 구나~! 대단하도다~!"

이 느긋한 녀석은 진짜…. 아주 기쁜 듯이 닭꼬치를 먹고 있어….

이 녀석이 시작한 승부인데 이렇게 남에게 맡기기만 하다니 대단하다.

"저기, 모토키. 당신은 당일에 닭꼬치를 만드는 역할을 맡길까 생각하는데, 괜찮을까?"

"물론이다! 닭꼬치를 확실히 만들겠노라!"

왠지 신용할 수 없는 말인데….

"참고로 수많은 사람이 올 가능성이 있는데, 그것도 문제없을까?"

"괜찮도다! 난 도망치는 것에는 자신이 있으니!"

이상하네. 걱정거리를 토로했더니 걱정거리가 늘었잖아?

"이거 중증이네…."

"꽤 어렵겠어."

참고로 팬지와 사잔카는 말할 것도 없지만 체리와 후우도 이미 히이라기의 낯가림을 알고 있다. 회의 전에 내가 설명했다.

처음에는 '그 정도야 대단할 것 없잖아!'라며 낙관적이던 체리가 이렇게 질린 표정을 할 정도다. 일의 중대함을 이해했다고 기뻐해야 할까, 절망해야 할까, 판단하기 어렵다.

"저, 저기… 히이라기찌. 손님한테서도 도망치지 말고 제대로 환영해야…."

"힉! 나한테 말 걸면 안 된다! 죠로한테 말해야 하는 것이다!"

"이런~ 이거 큰일이네…."

체리가 말을 걸자 민첩하게 사무실 구석으로 도망치는 히이라기. 사잔카와 완전히 친해졌기 때문에 체리도 괜찮지 않을까 싶었는데, 그건 짧은 생각이었던 모양이다.

"…흠, 죠로. 이건 어디서 한번 연습 시합을 하는 편이 좋지 않을까?"

"연습 시합? 무슨 소리야, 후우?"

"야구랑 마찬가지다. 우리는 바로 실전에 임하는 게 아니라, 그 전에 연습 시합에 임한다. 목적은 많이 있지만… 그중에서도 특히나 중요한 일은 실전과 같은 형식을 경험해 보며, 실전에서도 모든 힘을 발휘할 수 있게 되는 것. 그러니까 이 여자… 모토키도 바로 실전에 내보내는 게 아니라 일단 다른 장소에서 노점을 운영하는 경험을 하게 해 주는 게 어떨까 한다."

과연. 말하자면 리허설이란 거군.

좋은 생각이다. 히이라기는 물론이지만, 우리 다섯 명도 이런 걸 경험해 본 사람이 없다.

구태여 말하자면 내가 이전에 야구장을 돌면서 닭꼬치를 파는 일을 거든 적이 있지만, 그건 어디까지나 돌아다니면서 판 거지 제대로 노점 업무를 본 적은 없다.

그렇다면 어디서 한번 노점을 내 보는 것도 좋겠지.

"나도 토쿠쇼 의견에 찬성이야. 그리고 이대로 가면 가령 모토키의 문제가 해결돼도 츠바키 일행에게 이기는 건 어렵다고 생각해. 그러니까 무슨 수단을 생각해야…"

그렇죠~ 팬지의 말처럼 히이라기의 낯가림 문제가 해결되는 것만으로는 츠바키 팀에게 이길 수 없다.

츠바키 팀과 우리 팀 사이에 있는 절대적인 차이. …그것은 집객력이다.

체육제 때 노점에 오는 손님은 대부분 학생과 그 보호자들.

그렇기에 필연적으로 학교 안의 인기인이 많을수록 집객으로도 이어진다.

하지만 슬프게도 우리 중에 '인기인'으로 츠바키 팀에게 대항할 수 있는 것은 사람은 사잔카뿐. 다른 멤버는 거의 상대도 안 된다.

체리와 후우는… 근본적으로 다른 학교 학생이고.

"모토키. 우리는 실전 전에 어디서 한번 노점을 경험해 보고 싶은데, 가능할까?"

"오빠에게 말해 보겠다! 전에 곧잘 함께 노점을 냈으니까, 할 수 있다! 나는 항상 노점 뒤에 숨어서 닭꼬치를 구웠다!"

앞에서 구워. 그건 만든다는 연출을 보여 주는 것으로도 중요하거든.

실전에서도 뒤에서 굽겠다고 하면 어떻게 해야 할까….

"그럼 이다음은 죠로와 저와 사쿠라바라 선배가 어떻게 츠바키의 노점보다 사람을 더 모을 수 있을지, 매상을 낼 수 있을지를 생각하고, 사잔카와 토쿠쇼는 모토키에게서 닭꼬치 굽는 법을 배우도록 하죠. …그거면 될까, 모토키?"

"괜찮다! 무섭지 않은 아사카와 조용한 토쿠쇼에게 가르치겠다!"

아무래도 히이라기에게 체리는 아웃이지만, 후우는 세이프인 모양이다.

왠지 이유는 알겠다. 후우가 무해하다는 걸 안 거겠지. 대단하다.

"난, 아무 짓도 안 했는데…."

일부러 도우러 와 줬는데 어째서인지 한심한 포지션인 체리였다.

※

그 후, 시간이 늦었기에 제1회 회의는 종료.

다음 회의는 내일 가지기로 했다.

이미 해도 저물어서 조금 쌀쌀한 귀갓길….

"당면 문제는 역시 모토키네. 그녀의 힘을 충분히 발휘할 수 없으면 츠바키에게는 절대로 못 이겨."

내 옆을 걷는 팬지가 담담히 그렇게 말했다.

그 뒤로 사잔카와 후우가 히이라기에게 닭꼬치 굽는 법을 배우긴 했지만, 역시 기술이 큰 영향을 차지하는지 제대로 상품으로 내놓을 만한 것은 완성되지 않았다.

이대로 연습을 계속하면 제대로 된 닭꼬치를 만들 수 있게 되겠지만, 그래도 히이라기의 영역에 도달하기란 어렵겠지.

그러니까 두 사람이 닭꼬치를 굽는 것은 정말 어쩔 수 없을 때만으로 하고, 기본적으로 히이라기에게 시키기로 했다… 하지만….

'만 번 죽을 수치로다!'

라는 이상한 조어와 함께 울상을 하며 싫어했다.

사잔카의 설교… 어흠, 설득으로 간신히 리허설에서 히이라기가 닭꼬치를 굽게 되었지만, 과연 끝까지 해낼 수 있을지… 불안하다.

게다가 다른 문제도 산적해 있다. 나와 팬지와 체리가 손님을 모으는 작전을 세우기는 했지만, 떠오른 거라고는 전단 돌리기와 호객 정도. 이것만으로는 츠바키 팀에게 못 이긴다.

츠바키 팀에는 전단 제작이 특기인 아스나로가 있고, 호객으로는 히마와리나 야구부원들이 있다. 다시 말해 어느 쪽이든 압도적으로 우리보다 우수하다.

정말로 엄청난 놈들을 상대하는 꼴이 되었군….

"저기, 죠로. 뭣 좀 물어봐도 될까?"

"뭔데?"

"왜 당신은 모토키를 도우려고 한 걸까? 왠지 당신을 보고 있으면, 자기 욕망만을 위해서 행동하는 걸로 보이지 않는데?"

칫. 여전히 감이 빠르군.

"…빚을… 아니, 은혜를 갚고 싶어."

"은혜?"

"그래. 이러니저러니 해도 신세를 진 적이 있으니까. 이번 일은 그걸 갚을 절호의 기회야. …그러니까 나는 히이라기를 돕는 거야."

"그래."

어떻게든 히이라기의 낯가림을 고쳐 주고 싶다.

그것이 이번의 내 최대 목적이다. 단번에 전부까지는 아니더라도, 이번 리허설로 조금은 개선되면 좋겠는데….

"그런데 너는 왜 그렇게 의욕적이야? 평소라면 있을 수 없는 일이잖아. 네가 이렇게 열심히 이런 일에 참가하다니…."

"어머, 그래?"

"그래."

꽤나 밝게 말하는 게 또 이상하다.

오늘 회의… 아니, 히이라기의 노점에 참가하기로 결정된 후로 계속 이렇다. 하지만 압도적으로 불리한 상황임에도 불구하고 팬지는 즐거워 보인다.

"전부터 동경했어. 친구와 함께 모여서 협력하며 뭔가를 하는 것을."

"네가?"

"……그래. 내가."

뭐지, 지금의 이 정체 모를 침묵은?

"그럼 왜 처음부터 츠바키네 팀에 들어가지 않았어? 저쪽 역시…."

"그렇게 간단한 것도 몰라?"

"…미안하다."

"죠로, 그게 아냐."

"……같이 열심히 해 보자."

"그래. 기꺼이."

입가가 느슨해지면서 담담히 나를 바라보는 팬지.

정말로 이 녀석은 항상 정면에서 마음을 이야기하니까 귀찮다.

"조금 쌀쌀해졌네."

길을 뚫고 지나가는 한 줄기 바람. 동시에 팬지가 매달리듯이 던지는 말.

왜 이 녀석은 일일이 알기 어려운 식으로 말하는 거지.

"그럼 대책을 취하면 되잖아."

그러니까 나도 어중간한 대답을 던졌다.

뭐, 그런 짓을 해도 어차피 팬지는 다 읽고 있겠지만.

"괜찮아?"

"나도 마침 춥다고 생각했어."

"마음이 맞네."

조용하고 차분한. 어딘가 마음이 편안해지는 팬지의 목소리. 동시에 행하는 추위 대책.

손에 느껴지는 미열이 팔을 통해 순식간에 얼굴까지 도달하고, 그 즈음에는 고열이 되었으니까 좀 지나친 것도 같지만, 뭐 괜찮겠지.

"죠로도 나를 꽤 이해하게 되었잖아."

"너랑 비교하면 승부가 안 되지만."

"그럼 앞으로도 정진해 줄 수 있을까?"

"그런 짓 안 해도 알아서 나아가잖아."

"후후후. …그래, 그러네."

그런 농담을 하면서 나는 팬지를 역까지 바래다주었다.

나를 좋아하는 건
너뿐이냐

나의 예측은 항상 어긋난다

제 4 장

간신히 아슬아슬하게 반칙이 안 되는 선으로 해서 멤버 모집을 완수한 다음 날.

이대로 기세를 타고 어떻게 츠바키 팀에게 이길지 작전을 생각하자!

이렇게 되면 좋겠는데…

"키사라기! 손님의 주문, 부탁해!"

"알겠습니다! 카네모토 씨!"

오늘 나는 아르바이트를 한다. 현재 있는 곳은 '따끈따끈한 튀김꼬치 가게'다.

"그래?! 히이라기와 체육제에서 노점으로 승부를 하게 돼서 최근 츠바키가 왠지 평소와 비교해서 기합이 들어간 거였구나~!"

노점 일이 좀 진정되었을 때 나에게서 사정을 듣고 납득했다는 듯이 말한 인물은 이전부터 츠바키네 노점에서 일하던 아르바이트 리더 카네모토 씨.

역시나 오래 일했던 만큼 히이라기에 대해서도 잘 아는 모양이다.

"하지만 놀라운데! 설마 키사라기가 히이라기와 아는 사이였다니!"

"올해 지역 대회 결승전에서 기회가 있어서, 그때 잠시…."

"그래, 그래! 못 군… 아, 히이라기의 오빠 말이야! 녀석, 히이라기에게 친구가 생겼다면서 기뻐했지?"

"뭐, 나름….."

내 때보다도 팬지와 사잔카가 노점에 왔을 때가 대단했다.

아마 이성 친구가 아니라 동성 친구가 생겼기 때문이겠지만.

"그리고 키사라기는 츠바키가 아니라 히이라기를 돕기로 한 거구나?"

"네. 히이라기는 아직 친구가 전혀 없어서 힘들 테니까…."

솔직히 말해서 다른 이유도 있지만, 그건 비밀로….

"그래, 그래! 나도 그편이 좋으리라 생각해! …아니, 그렇다면 나도 키사라기에게 부탁을 좀 해 볼까!"

"네? 카네모토 씨가?"

뭐지? 카네모토 씨에게는 평소에 워낙 신세를 졌으니 들어줄 수 있는 거라면 들어주고 싶지만, 너무 무리한 요구라면 힘든데.

"그래! 음, 이번에 츠바키와 히이라기의 승부 말인데, 어떻게든 히이라기가 이기게 해 줘! 물론 나도 협력할 테니까!"

흠… 고마운 제안까지 섞여 있으니 웰컴이지만….

"왜 카네모토 씨가 그렇게까지?"

보통 츠바키의 편을 들지 않나? 이 노점에서 오랫동안 일했고.

"뭐, 자세하게 말할 것까진 없잖아! 괜찮아, 괜찮아!"

"…알겠습니다. 제가 할 수 있는 범위 내에서 노력하겠습니다."

일단 질 수 없는 이유가 하나 늘었군.

"그렇게 말해 주니 고마워! 정말 고마워, 키사라기!"

"아뇨, 카네모토 씨에게는 평소에 많이 신세를 졌으니까요."

"그럼 이걸로 빚은 없는 걸로! …어차, 슬슬 다시 일을 시작할까! 오늘은 손님도 적으니까, 키사라기는 주방에서 설거지를 부탁해도 될까? 정찰을 겸해서!"

"네. 맡겨 주세요."

카네모토 씨의 배려로 주방으로 가는 나.

그러자 그곳에는….

"아! 죠로다! 있잖아, 내가 만든 튀김꼬치, 먹어 봐!"

활짝 웃는 히마와리가 귀여운 발걸음으로 다가와서 튀김꼬치를 내밀었다.

이게 카네모토 씨가 말했던 '정찰'. 츠바키 팀 멤버가 어디서 회의를 하는지 묻는다면 '따끈따끈한 튀김꼬치 가게' 외에 있을 리가 없다.

그리고 주방의 일부를 사용해 히마와리는 튀김꼬치를 만드는 연습을 하고 있는 것이다.

"나는 아르바이트 중인데…."

"괜찮아! 내가 열심히 만들었으니까!"

뭐가 어떻게 괜찮은 건지 전혀 모르겠다.

그저 히마와리가 먹여 주고 싶은 것뿐이잖아.

"죠로. 오늘은 그렇게 바쁘지 않으니 먹어도 괜찮달까."

츠바키의 허락을 받았으니 순순히 따를까.

그럼 얼른… 시식을.

"음, 맛있어."

히마와리는 의외로 평소 요리를 좀 하지.

"나도 그렇게 생각한달까. 이거면 노점에 내놓을 수 있는 레벨이랄까."

"와아! 그럼 더 먹어! 많이 만들 거니까!"

기뻐하는 건 알겠으니까, 주방에서 폴짝대지 마.

하지만 히마와리가 조리 담당이라니… 이 배치는 예상 밖이군.

분명히 츠바키 팀의 튀김꼬치를 만드는 사람은 요리가 특기인 코스모스라고 생각했는데, 코스모스는 요리 실력이 아니라 관리 능력이 더 중요하게 여겨진 것인지 야구부의 캡틴… 쿠츠키 선배와 함께 회계를 담당한다는 모양이다.

그러니 지금은 사무실에서 다른 멤버를 지휘하며 전략을 짜는 회의를 하고 있었다.

또한 조리 담당자 말인데, 츠바키와 히마와리 이외에 또 한 명….

"제길! 이런 튀김꼬치로는 안 돼! 츠바키의 발끝에도 못 미쳐!"

나의 절친, 썬도 거기 배속이었다.

왠지 엄청 갈등하는데… 괜찮나?

"썬의 튀김꼬치도 충분히 맛있달까."

"…아니, 먹고 바로 알았어. 내 튀김꼬치는 조금 딱딱해. 아마도 너무 튀긴 걸 거야…. 츠바키의 튀김꼬치처럼 더 부드럽게 씹혀야…."

"하지만 내가 말한 시간대로 튀겨서… 설마, 썬…."

"그래. 바로 그 **설마**야."

저기, 썬. 그 자신만만한 웃음, 대체 뭐야?

"재료에 따라 살짝 다르게, 최고의 맛을 응축하는 그 한순간을 알아차리는 능력―힘… '기름의 축복―타케미나카타*'. 그걸 익힐 생각이야."

뭐야, 그 필살기? '능력'이네 '힘'이네 하는데 괜찮은 거야?

"그걸 익히는 데에 나는 5년 걸렸달까."

"5년인가…. 좋아, 해 보겠어!"

"훗. 썬은 장래 좋은 튀김꼬처가 될 수 있달까."

진정해라, 썬.

너는 야구 선수지, 결코 튀김꼬처가 아냐.

그렇게 착실하게 츠바키 월드로 들어가지 말아 줘.

"있잖아, 죠로! 다음에는 뭐 먹고 싶어? 나, 많이 만들게~!"

※타케미나카타 : 일본 신화에 나오는 군신, 수렵신.

"아니, 너무 많이 먹으면 일에 지장이 생기니까, 이 정도로 할게."

"뿌우~! 죠로 못됐어!"

내가 알 바 아니다.

하지만 츠바키 팀은 순조로움 그 자체로군.

…과연 히이라기 팀은 괜찮을까?

지금쯤 그 녀석들은 '씩씩한 닭꼬치 가게'에 모여서 회의나 닭꼬치 만드는 연습을 하고 있을 텐데… 불안하다….

"그래, 죠로. 부탁이 하나 있달까."

"부탁? 뭔데, 츠바키?"

"오늘은 그리 바쁘지 않으니까 일찍 끝내고 들어가 주겠어? 6시 정도에."

츠바키의 말처럼 오늘은 **어떤 사정** 때문에 평소와 비교해서 매우 한산하다.

그러니까 아르바이트를 일찍 끝내는 건 이치에 닿는 말이지만…

"…괜찮아? 아직 끝날 때까지 꽤 남았는데…."

"부탁하고 있는 사람은 나랄까. 정정당당히 전력을 다해 싸우고 싶고."

씨익 웃으며 윙크하는 츠바키. 여유…는 아니로군.

정말로 그 말대로의 의미겠지.

"알았어. 그럼 그 말대로 하도록 할게."

"음, 잘 부탁한달까."

"그래, 맡겨 줘. 그럼 설거지 끝나면, 남는 시간에 청소도 해 둘게."

그 뒤로 오후 6시까지 일하고 나의 아르바이트는 종료.

오늘처럼 손님이 적은 날이 계속되면 노점의 경영이 불안하겠지만, 츠바키의 말로는 '2주 정도 있으면 원래대로 돌아온다'고 하니까 그 말을 믿자.

그럼 사무실에서 짐을 챙기고 '씩씩한 닭꼬치 가게'로….

"응! 좋은 디자인이야, 아스나로! 이 전단이라면 손님의 관심을 끌 게 틀림없어!"

"그렇죠, 그렇죠? 회심의 작품이니까요!"

아, 그런가. 코스모스랑 아스나로는 사무실에서 회의를 하고 있었지.

아스나로가 만들어 온, 체육제에서 뿌리기 위한 전단을 보고 기쁘게 웃고 있네.

우리 팀, 어쩌려는 거지? 아직 아무것도 정하지 않았으려나….

"하지만 정말로 대단해. 이거라면 야마다와 의논해서 다음 문화제… 요란제의 전단도 아스나로… 아니, 신문부에게 부탁하는 편이 좋을지도 모르겠어."

참고로 야마다란 회계다.

크게 중요하지도 않으니, 소개는 간단히 끝내지.

야마다 씨, 배경 캐릭터. 이상.

"어라? 죠로 아닙니까! 이거 보세요, 이 전단! 제가 만든 거예요! 어때요? 대단하죠!"

히마와리도 그렇고, 아스나로도 그렇고, 그렇게 내게 확인을 구해도 되는 거냐.

"어어… 그래. 아주 잘 만들었어."

메뉴나 요금을 자세히 실으면서도, 잘 정리해서 보기 편하고 이해하기 쉽다.

눈에 띄게 배치된 튀김꼬치 사진도 아주 맛있어 보이고… 우리 것도 만들어 달라고 하고 싶다.

"좋아요! 죠로의 칭찬이 나왔습니다!"

"내가 하는 말이라고 별로 담보가 되는 것도 아니잖아?"

"괜찮습니다, 제가 기쁘니까요!"

포니테일을 흔들면서 좋아하는 아스나로.

그 모습은 귀엽지만, 확실히 우리를 압박하는 것으로 보여서 흠칫했다.

이 이상 여기에 있으면 우울해질 것 같으니, 얼른 물러가는 게 좋겠군.

"그럼 난 슬슬 갈 테니까…."

"아! 죠로! 나랑도 이야기를…."

그만둬, 코스모스. 이미 히마와리와 아스나로의 성과를 듣고 정신적으로 크게 손상이 왔어.

여기서 네 성과까지 더해지면 가볍게 멘탈이 박살 난다.

"아뇨, 다른 사람들이 기다리고 있어서…."

"그, 그래? …알았어. 저기… 죠로도 열심히… 해."

"…네. 고맙습니다."

그렇게 쓸쓸한 목소리를 들으니 나도 모르게 이 자리를 떠나기 힘들어지잖아.

딱히 내가 무슨 잘못을 한 것은 아니지만. …죄악감이 든다.

역시 조금 정도는 이야기를….

"하아…. 죠로의 예정을 확인해서 언제 아빠와 엄마에게 인사하러 올 수 있는지 알아보고 싶었어~"

전력으로 도망치자아아아아!! 이 녀석은 벌써부터 이겼다는 심정이잖아?!

진짜로, 절대로 질 수 없으니까!

※

노점을 출발해서 상점가를 15분 정도 걷자, 서서히 보이기 시작하는 인파.

그 인파는 '씩씩한 닭꼬치 가게' 앞에 늘어선 손님들이다.

의외일지도 모르지만, 이게 히이라기의 닭꼬치 굽는 실력.

물론 최근 오픈한 노점라는 사정도 있지만, 맛이 없으면 손님은 들지 않는다.

벌써 간간이 재방문하는 손님까지 있으니, 정말 대단한 일이다.

참고로 이게 '따끈따끈한 튀김꼬치 가게'가 평소보다 한가했던 '어떤 사정'이기도 하다.

같은 상점가에 새로 생긴 닭꼬치 노점. 거기에 손님을 송두리째 빼앗긴 것이다.

본래 더 허둥대야겠지만, 츠바키는 '본점에서도 같은 일이 있었으니까'라며 과거의 경험을 미루어 보며 냉정. 일시적으로 손님이 줄지만, 최종적으로는 원래대로 돌아오니까 괜찮다는 모양이다.

노점들만이 아니라 딸들도 이렇게 좋은 승부를 벌여 주었으면, 이라고 빌고 싶지만, 그것은 앞으로 우리에게 달렸다.

그런고로 그렇게 긴 줄이 생긴 노점 앞이 아니라 뒷문으로 입점.

그대로 사무실로 가자….

"그래! 혼잡할 때를 대비해서 지면에 테이프를 붙이면 손님의 줄을 정리하기 쉬워! 스미레코찌, 나이스 아이디어야!"

"네. 그리고 거스름도 손님이 내는 돈에 맞추어 내놓는 게 아니라, 미리 몇 가지로 정리해 두면 회전율을 올릴 수 있을 거라 생각합니다. 사쿠라바라 선배."

니시키즈타 고등학교 교복을 입은 팬지와 어째서인지 체육복을 입은 체리라는 묘한 콤비가 전략에 대해 이야기하고 있었다.

이 두 사람, 이전에 잠시 트러블이 있었지만, 지금은 더 이상 신경 쓰지 않는 거겠지.

그렇게 마음을 정리할 수 있는 게 여자의 대단한 점이야.

남자는 한 번 싸우면 꽤 오래 가는데….

"그럼 내일 리허설에서 실제로 시험해 보자! 아, 하지만 멋대로 테이프를 붙이면 화내지 않을까?"

하지만 역시나 호스를 내세운, 왕도적 러브 코미디에 강력한 토쇼부 고등학교.

설마 체육복이 블루머일 줄은 몰랐다. 착실히 에로 노선으로 가고 있군, 체리.

"그 점은 히이라기네 오빠에게 확인해 봐요. 그 외에도 우리가 모르는 금지 사항이 있을지도 모르고요."

"그래! 그럼 다음은… 아! 죠로찌! 생각보다 이르네!"

"어머, 죠로. 아르바이트는 끝났어?"

"그래. 오늘은 손님도 없어서 일찍 마쳤어. …다른 멤버는?"

"다들 오래 기다렸다!"

내가 그렇게 묻는 타이밍에 들려온 히이라기의 씩씩한 목소리.

의기양양하게 사무실에 들어오는 히이라기. 그리고 그 뒤에는 사잔카와 후우도 있었다.

"저, 저기, 만들어 봤는데, 맛없다면 미안….."

"…나는, 아직 멀었군….."

사잔카는 살짝 조심스러운 기색, 후우가 뭔가 풀 죽어 보이는 이유는 히이라기가 가져온 커다란 접시에 담긴 닭꼬치 때문이겠지.

"이쪽이 사잔카가 만든 거고, 이쪽이 후우가 만든 거다! 팬지, 체리!"

어라? 히이라기가 모두를 부르는 호칭이 변하지 않았나?

내가 없는 동안에 친해졌겠지만, 이건 조금 의외인 진보다.

"헤에~! 다 맛있어 보이잖아!"

"팬지! 난 두 사람에게 열심히 가르쳤도다!"

"그래, 잘했어, 히이라기."

"흐흥~! 더 칭찬해라~!"

…다행이군, 히이라기.

이번에는 착각이 아니라 진짜로 팬지가 좋은 친구라고 생각하고 있어.

실제로 성이 아니라 별명으로 부르고 있고.

옆에서 보면 새로운 애완동물이 생긴 느낌이지만… 뭐, 넘어갈까.

그럼 나도 앉아서 닭꼬치 시식에 참가하자.

어디 보자, 팬지 옆…은 체리와 히이라기가 앉았고, 정면의 사잔카와 후우 사이에 앉을까. 츤츤한 반응이 돌아오지 않도록 조심하면서.

"히익! 너 어디에 앉는 거야?!"

"아니, 여기밖에 앉을 자리가 없었고…."

"조… 조심해! 여기는 좁아서 팔이 닿으니까!"

"미안해… 조금 떨어질 테니까…."

"떨어지라고는 안 했잖아! 돼, 됐어! 참을 테니까! 특별히!"

아니, 가깝다니까. 일부러 가까이 오지 않아도 충분히 가까우니까 괜찮잖아.

"에헤헤. …성공!"

저기, 사잔카 씨. 너는 내 취향 한가운데 스트라이크인 외모야. 거기에 고상한 샴푸 냄새까지 풍기면서 기쁜 듯이 웃으면… 이거 위험하다고.

"나는, 무력하다…."

기분 좋은 사잔카와는 대조적으로 깊이 고개를 떨구는 후우.

그렇게 닭꼬치가 잘 안 구워졌어?

후우는 시키는 대로 착실히 해내는 이미지인데… 일단 먹어

볼까. …자. 냠냠.

"음! 맛있네!"

"그래. 사잔카의 닭꼬치도 토쿠쇼의 닭꼬치도 충분히 상품으로 내놓을 만한 맛이라고 생각해."

"나도 찬성이야. 어느 쪽이든 다 맛있어."

"저, 정말?! 그, 그렇게까지 말한다면 어쩔 수 없네! 자, 더 먹어!"

"머그게. 내 소으오 머그에이까, 그마."

사잔카 씨, 내 입에 마구 닭꼬치를 밀어 넣지 마세요.

"아니, 이런 닭꼬치로는 안 돼…. 모토키의 발끝에도 못 미쳐."

아무래도 스스로에게 엄한 후우는 맛의 기준이 히이라기인 모양이다.

그래서 이렇게 침울해졌나.

"후우의 닭꼬치도 충분히 맛있다!"

"…아니, 먹고 바로 알았어. 내 닭꼬치는 조금 버석거려. 아마도 너무 구운 걸 거야…. 모토키의 닭꼬치처럼 더 부드럽게 씹혀야…."

"하지만 내가 말한 시간대로 구워서… 설마, 후우…."

"그래. 바로 그 **설마**다."

어이, 후우. 그 자신만만한 웃음, 대체 뭐야?

아니, 이 대화… 방금 전에 어디서 들었던 것 같은데….

"재료에 따라 살짝 다르게, 최고의 맛을 응축하는 그 한순간을 알아차리는 능력—힘… '불의 은혜—카구츠치*'. 그걸 익힐 생각이다."

어이, 또 뭔가 이상한 필살기가 튀어나왔어.

"그걸 익히는 데에 나는 5년 걸렸도다."

"5년인가…. 익히는 보람이 있군…."

"훗. 후우는 장래 좋은 꼬치스탄이 될 수 있겠다."

진정해라, 후우.

너는 야구 선수지, 결코 꼬치스탄이 아냐.

그렇게 착실하게 히이라기 월드로 들어가지 말아 줘.

하지만 그렇군. 지금까지의 상황을 보기론 우리 팀도 비교적 순조로운 것 같다.

닭꼬치에 관해서는 역시 히이라기가 만든 게 한 단계 위에 있는 맛이지만, 사잔카, 후우가 만든 닭꼬치도 충분히 맛있다.

튀김꼬치와 비교하면서 맛의 레벨을 말하자면, 달인급이 츠바키, 히이라기. 상급이 썬, 히마와리, 후우, 사잔카. 즉, 이 점에서 양 팀에 차이는 없다.

전단지는 뒤지지만, 팬지와 체리가 고안해 낸, 회전율을 올리는 수단은 츠바키 팀에서 듣지 못한 이야기다.

※카구츠치 : 일본 신화에 나오는 불의 신.

이 상황을 보면 의외로 괜찮은 승부로 몰고 갈 수….

"하아~! 오늘의 나는 열심히 했도다! 스스로에게 주는 상으로 내일은 느긋하게 쉴 것이다!"

내일은 리허설입니다요, 히이라기 씨.

부탁이니까 자기가 주력이라는 자각을 가져 줘….

"히이라기, 내일은 리허설이야. 당신이 쉬면 곤란해."

"힉! 팬지… 정말로 하는 거야? 사람이 많은데…."

무심코 어조가 평소대로 돌아올 정도로 싫은 모양이다.

"괜찮아, 히이라기찌! 자, 어제는 그렇게 무서워했던 우리랑도 친해졌잖아, 내일 올 손님들과도 그러면 돼! 간단해, 간단해!"

"하지만 체리는 학교에 물건을 두고 왔다면서 서둘러 뛰어갔다가 숨을 헐떡이며 돌아온 뒤에 콜라를 마시려다가 교복에 엎지르고… 무섭지 않은 사람이야!"

꽤나 참신한 방법으로 우정을 쌓았군….

그래서 체리는 체육복을 입고 있나.

"오, 오늘은 우연이야! 난 평소에는 더 믿음직스럽고 착실하거든!"

"그렇습니다. 오늘의 체리 씨는 평소와 비교하면 꽤나 믿음직스럽고 착실합니다."

"후우! 조용히 해!"

"…음, 죄송합니다."

평소에 체리는 대체 얼마나 덤벙대는 거야?

전에 토쇼부 학생회 일을 도우러 갔을 때도 꽤나 그랬는데, 설마 그보다도 심할 수 있나?

"아무튼! 내일 리허설에 히이라기찌의 참가는 필수! 사잔카찌랑 후우가 닭꼬치를 굽는 건 어디까지나 히이라기찌가 노점을 비울 때뿐이잖아!"

"우에에에에! 그, 그럼 어디 안쪽에 숨어서 닭꼬치를 만들 장소를 준비해 줘! 안 그러면 죽어! 모르는 사람 앞에서 닭꼬치를 굽는 거, 무서워!"

"안 돼! 닭꼬치를 굽는 모습을 보여 주는 것도 중요한 퍼포먼스 중 하나잖아! 그러니까 참고 노점 앞에서 해! 알았어?!"

"아우. 알았어…. 그선 츠바키 말고 다른 노점 사람들도 하는 거고… 열심히 해 볼게…."

체리의 험악한 얼굴에 눌려서 얌전히 따르는 히이라기.

하지만 불안을 씻어 낼 수 없는지, 벌벌 떨면서 팬지의 팔에 매달렸다.

"괜찮아, 히이라기. 우리도 옆에 있을 테니까 무섭지 않아."

"팬지…."

"그리고 츠바키에게 이기고 싶지?"

"……! 그래! 난 츠바키에게 이기고 싶어!"

멋지게 츠바키를 미끼 삼아서 히이라기의 의욕을 끌어냈군.

"좋아! 그럼 서둘러야지! 그런고로 죠로! 부탁이 있어!"

부탁이라고? 뭐, 본인이 의욕을 냈으니 조금 무리한 부탁이라도….

"내일 올 만한 손님들을 전부 암습으로 처리해 줘!"

"그게 되겠냐! 왜 너는 매번 무리의 허용 범위를 돌파하는 거야!"

내일 리허설, 불안함만 가득하다….

※

다음 날.

드디어 체육제까지 1주일 남은, 토요일 아침.

오늘은 앞으로 다가올 체육제를 대비한 리허설 날.

오전 7시 30분에 '씩씩한 닭꼬치 가게' 앞으로 가자, 그곳에는 이미 팬지, 사잔카, 히이라기, 후우가 모여 있었다. 집합 시간 30분 전에 왔는데….

"아! 죠로, 좋은 아침이다!"

내 모습을 보고 손을 마구 흔드는 히이라기.

아직 이른 아침이라서 상점가에 사람이 거의 없기 때문일까, 닭꼬치 노점 유니폼을 입고 의욕 가득한 모습이다.

다른 멤버는 나를 포함하여 전원이 움직이기 편하고 더러워져도 되는 사복 차림이다.

"그래, 좋은 아침, 히이라기. …체리 씨는 아직 안 왔어?"

"그 사람은 별일 없으면 약속 시간 10분 전에는 나타난다."

"어, 그래. 그런가…. 땡큐, 후우."

별일 없으면…이라.

체리라면 그 말의 무게가 미묘하게 변하는데, 왜지?

"오늘은 열심히 하자, 죠로."

두 주먹을 쥐며 의욕을 어필하는 팬지는 든든하지만…. 오늘
도 양 갈래 머리에 안경인가…. 토요일이고 여기 있는 녀석들은
모두 네 비밀을 알고 있으니, 딱히 그쪽이라도 괜찮잖아….

"…클레임을 걸고 싶은 기분인데, 이해하고 있어?"

"이해하고 있어. 오늘은 모두가 각자의 역할을 연습할 거니까,
나랑 같이 있을 수 있는 시간이 적어서 쓸쓸한 거지? 어리광도
많긴…."

"대단하네, 전율할 정도로 이유가 어긋났어."

흐느적거리지 마, 소름끼쳐.

"즉, 이 틈에 러브러브하자는 말이네. 정말로 못된 사람이라니
까…."

"그러니까 그게 아니라고! 딱히 너랑 러브러브할 생각은 요만
큼도 없어!"

"그렇게 자꾸 화를 내면 안 그래도 적은 뇌세포가 사멸해 버릴

걸?"

이 녀석의 독설, 진짜로 싫어!

왜 아침 댓바람부터 나는 이렇게 스트레스가 쌓여야 하는 거지?

"허억허억…. 야, 얏호~! 다들 일찍 왔네! 조, 좋은 아침이야!"

그로부터 35분 뒤, 약속 시간을 5분 오버해서 살짝 어색한 미소와 함께 나타난 체리.

허용 범위의 지각이지만, 대체 왜 지각을….

"으음~! 아침 반찬이 잔뼈가 많은 생선이라서! 전철을 한 대 놓쳤어!"

이유가 너무 참신하다.

"…이전의 스페어립보다는 낫군…."

아침부터 완전히 디너구만.

체리네 집 아침 식사에 살짝 흥미가 생겼다.

"하지만 늦은 건 지금부터 만회해야지! 다들! 나 말이지, 호객을 위한 좋은 아이디어를 생각했어!"

"헤에, 어떤 아이디어입니까!"

"후후훗! 죠로찌, 좋은 질문이었어!"

질문을 안 하면 이야기가 진행되지 않을 테고.

"짠짜잔~! 이걸 입으면 확실해!"

그렇게 말하며 체리가 의기양양하게 꺼낸 것은 도서실 폐쇄 위기 때도 준비했던 메이드복…인데, 이전과 다른 것이었다. … 뭔가 노출이 많다.

가슴 근처가 크게 파였고, 스커트 길이도 꽤 짧다.

나로서는 꼭 누구에게 입히고 싶지만, 꽤 창피한 옷 아닐까?

"이걸 입으면 손님이 많이 올 게 틀림없어! 다 해서 두 벌 가져 왔으니까, 나 이외의 누군가 두 명에게…."

"나, 난, 그런 옷 안 입을 거니까! 창피해!"

"저도 싫습니다."

"무, 무리다! 그런 옷, 창피하다!"

당연하게도 여성진에게서 대량의 클레임이 들어왔다.

게다가 체리 자신도 입기 싫은 눈치라서, 은근슬쩍 자기를 뺐다.

"나와 죠로는 사이즈가 맞지 않습니다."

우리는 넣지 않아도 돼. 우리가 이런 걸 입으면 큰일이야.

"에엣~ 다들 츠바키찌에게 이기고 싶지 않은 거야~? 나는 이왕 할 거면 꼭 이기고 싶은데~ 우히히히히!"

"그, 그럴지도 모르지만, 그런 차림은, 나는….."

"사잔카찌라면 분명 어울려! 게다가 죠로찌도 사잔카찌가 입은 모습을 보고 싶다고 생각할 텐데~"

체리. 갑자기 내 이야기를 꺼내지 마라….

"너, 너 말이지! 무슨 생각이야?!"

"아무 말도 안 했잖아! 그런 걸 보고 싶다니…."

"왜 보고 싶지 않은데!"

"죄송합니다."

무자비한 부조리다.

"사쿠라바라 선배, 만일을 위해 확인해 두고 싶습니다만…."

"응. 뭔데, 스미레코찌?"

"꼭 이기고 싶다면, 혹시 우리에게 사정이 생겨서 아무도 그걸 입을 수 없을 경우 당신이 그 옷을 솔선해서 입는다고 생각하면 될까요?"

"물론! 뭐, 그런 이유가 있을 경우 말이지만~! 우히히히!"

아, 이걸로 체리는 함정에 빠졌다.

말싸움으로 팬지에게 이길 수 있다고 생각하는 걸까, 애는.

"다음 주 체육제 때, 우리 니시키즈타 고등학교 학생은 노점만이 아니라 체육제에 출장도 해야 합니다. 그때 필연적으로 체육복을 입게 되니까, 노점에서도 체육복 차림일 거라고."

"…아!"

그래. 지극히 당연한 이유로 그렇게 된다. 체육제는 토요일에 하니까 토쇼부 고등학교 학생인 후우와 체리도 도우러 올 수 있지만, 종목에는 출장할 수 없으니까. 우리는 나가지만.

"그, 그렇다면, 종목에 안 나갈 때에 갈아입으면…."

"머릿수에서 아슬아슬한 우리에게 그러고 있을 여유가 있을 거라 생각합니까?"

"어, 없을 것 같네…."

"즉, 우리에게는 사정이 있어서 아무도 입을 수 없습니다."

"아, 아니, 그건 어쩔 수 없잖아! 그럼 이 이야기는 없었던 걸로…."

"반드시 이기고 싶죠?"

"윽! 그, 그렇지…."

"그럼 그런 걸로."

"…알았어…."

결국 체리 혼자서 노출이 많은 메이드복을 입게 되었다.

다행이네, 에로 방면으로 활약할 수 있잖아. 축하해. 그리고 고마워.

"후, 후우! 저기, 한 벌 더 있으니까 괜찮다면 나랑 같이…."

"사이즈가 안 맞아서 어렵습니다."

사이즈가 맞으면 입겠다는 강철의 정신에 대해 묻고 싶은 심정뿐이다.

"우우…. 이렇게 된 이상 어떻게든 사잔카찌를 구워삶아서 당일에는…."

"아, 안 입을 거니까요! 난 절대로 안 입을 거니까!"

체리는 아직도 뭔가 꾸미는 모양인데… 응, 나는 응원할게.

힘내라, 체리. …진짜로 힘내!

"그럼 다들 모였으니까 준비를 시작하자. …히이라기, 괜찮아?"

"괘, 괜찮아! 나 열심히 할게!"

몸이 약간 떨리지만… 아직 사람도 별로 없으니 괜찮은 걸까.

그 뒤에 팬지의 지시에 따라서 우리는 노점을 열 준비를 갖추기 시작했다.

※

오전 9시 45분. 상점가 한구석에 노점을 낸 우리.

아무래도 학생들끼리 노점을 여는 일은 여러모로 위험하기에 보호자 동반. 노점에서 조금 떨어진 곳에 히이라기에게 친구가 많이 생겼다면서 감격의 눈물을 흘리는 그녀의 오빠가 있다.

"휴우. 이걸로 간신히 그럴듯해졌네, 팬지!"

"그래, 사잔카. 예상 이상으로 시간이 걸렸으니까, 당일까지 확실히 설치 수순을 기억해 둬야겠어."

두 사람의 말처럼 노점 설치는 꽤나 힘들었다.

예상 이상으로 설치 수순이 번거로웠거든.

그걸 안 것만으로도 리허설을 한 보람이 있었다고 해야겠지.

"그럼 예정했던 배치로 가죠. 처음에는 저랑 죠로가 회계. 히이라기와 사잔카가 조리, 사쿠라바라 선배와 토쿠쇼가 접객."

"우우~! 이렇게 되었으면 될 대로 되라! 해 보자고!"

모두 수긍하는 가운데, 얼굴을 붉히며 소리치는 인물은 체리였다.

다른 멤버가 더러워져도 괜찮고 움직이기 편한 차림을 한 가운데, 혼자만 이상하게 노출이 많은 메이드라서 존재감이 상당하군.

그 모습을 보고 득 봤다고 생각하면서도 내가 냉정한 이유는 버니걸이 아니라는 점이 큰 요인이겠지. 하다못해 토끼 귀가 있으면….

"사, 사잔카! 나는 응원할 테니까 힘내거라!"

"잠깐만, 히이라기! 넌 왜 웅크리며 숨는데! 네가 메인으로 굽고, 내가 그걸 팩에 담는 식으로 돕는 거잖아!"

서서히 사람이 늘어나기 시작한 탓에, 조리대 쪽에서 이미 임계점 돌파 직전인 히이라기가 온몸을 떨면서 당장이라도 도망치려고 했지만, 어조를 유지하는 걸 보면 아직 괜찮겠지.

부탁한다, 사잔카….

"그럼 몇 개 구워지면 손님을 모아 올 테니까 신호 부탁해! 후우는 최대한 여자한테 말을 걸도록!"

"알겠습니다."

노점 앞에서도 체리와 후우가 각각 호객 준비를 갖추었다.

현재로서는 잘 돌아가는 것 같은데….

"팬지, 네 생각에 당일 승부는 어떻게 될 것 같아?"

히이라기에게 들리지 않는 작은 목소리로 팬지에게 확인.

그러자 팬지도 살짝 몸을 붙이고 작은 목소리로 내게 말했다.

부드럽고 청량감 있는 팬지의 향기가 살짝 내 코를 자극했다.

"글쎄. 처음이 포인트라고 생각해."

"무슨 소리야?"

"손님이 늘어나면 늘어날수록 히이라기는 제 몫을 할 수 없어. 그러니까 오늘 리허설에서도 손님이 별로 없는 동안에 최대한 닭꼬치를 만들어 놓게 하고, 손님이 많이 오게 되면 일단 토쿠쇼와 교대하는 편이 좋아."

"그렇군. 맞는 말이야."

아직 이른 시간이라 사람이 적지만, 정오 즈음의 상점가에는 사람이 꽤 많이 온다.

그렇게 노점에 손님이 밀려들었을 경우에는 히이라기를 일단 쉬게 하자는 건가.

"하지만 히이라기에서 갑자기 후우랑 사잔카로 교대하면 맛이…."

"괜찮아. 그때를 대비해서 어제 히이라기가 굽기만 하면 되는 상태로 준비해 놓은 닭꼬치가 저 상자에 들어 있으니까. 굽는 솜씨에서 차이가 나겠지만, 충분히 상품으로 내놓을 수 있어."

그렇게 말하며 팬지가 가리킨 것은 노점 뒤에 쌓여 있는 박스들.

거기까지 대책을 세워 두었나.

이번에는 정말로 팬지가 처음부터 끝까지 다 해 주는군….

"헤에. 정말로 노점을 내는 걸까."

그때 한 소녀가 우리 노점 앞에 나타났다. 사복 차림의 츠바키였다.

"츠바키… 왜 여기에?"

같은 상점가에 노점을 가지고 있으니까 이상할 건 없지만, 설마 처음부터 여기에 오려고 했다는 듯한 말투였는데….

"어제 팬지에게서 체육제의 리허설을 한다고 들었다고나 할까."

팬지가 말해 줬나.

뭐, 딱히 알려진다고 문제 될 건 없으니까 상관없지만.

"츠, 츠바키! 그대는 뭘 하러 왔나?! 설마 나를 만나러…."

"그럴 리 없달까. 그냥 좀 살펴보러 왔을 뿐."

"즉, 나를 두려워한다는 뜻인가. 크크큭…."

이 인간, 아까까지 노점 밖으로 나온다고 벌벌 떨었던 녀석과 동일 인물 맞지?

"굳이 말하자면 죠로와 팬지를 경계한다고나 할까. 설마 후우와 체리 씨를 멤버로 끌어들일 줄은 생각도 못 했고."

"홋. 내 손에 걸리면 그 정도는 아무것도 아니다!"

그래. 넌 아무것도 안 했어.

두 사람을 데려온 건 나야, 나.

"츠바키, 패배를 인정할 거면 지금이로다. 지금 그대가 솔직히 패배를 인정한다면… 나는 남들 앞에서 닭꼬치를 굽시 않아도 되는 것이다! 부탁합니다! 패배를 인정해 주세요, 다!"

어이, 뒷부분이 이상해.

"인정할 리가 없달까. 전부터 말했잖아? 주위에 매달리기만 하고 자기 힘으로 해결하려고 하지 않는 녀석을 나는 싫어하고, 질 리가 없다고."

"크으으으으…! 헛된 저항을…!"

하고 있는 건 너거든?

"사잔카! 닭꼬치, 구워졌다! 팩에 담아라!"

"우왁! 알았어…. 그렇게 서두르지 마."

아무튼 지금은 츠바키의 등장에 감사하자.

히이라기가 츠바키에게 촉발되어서 엄청나게 의욕을 내고 있고.

아마도 팬지는 이걸 노리고 츠바키에게 오늘 일정을 전했겠지.

"저기… 와 줘서 고마워, 츠바키."

"응. 그리고 이왕 왔으니까 하나 먹어도 될까? 돈은 확실히 낼 테니까."

"고마워. 300엔이야."

"자, 이게 상품이야."

닭꼬치 다섯 개가 들어 있는 팩을 내가 츠바키에게 건네고, 팬지가 돈을 받았다.

엄청난 표정으로 츠바키를 노려보는 히이라기는 완전히 무시당했다.

"사잔카! 난 계속 굽겠노라! 팍팍 굽겠노라!"

"우와아! 알았다니까! 애초에 그렇게 서둘러도 단번에 구울 수 있는 양은… 아니, 빠르잖아! 히이라기, 너 이렇게 빠르게 할 수 있어?!"

"당연한 것이다! 난 열심히 할 거다!"

지금은 의욕 충만한 모습인데… 히이라기, 부탁한다. 그대로 최대한 버텨 줘….

"그럼 나는 가게 일을 해야 하니까 돌아가 볼까. 바이바이."

"그래, 다음에 보자. 츠바키."

※

한 시간 뒤.

오전 11시 30분, 상점가에 사람도 제법 많아졌고, 노점을 찾아오는 사람도 늘어났다.

지금으로서는 아주 호조. 상점가에 노점이 생겼다…라는 건

드물지 않은 일이지만, 거기에 '고등학생이'라는 항목이 추가되면 주목을 모은다.

혹시 체육제 때도 이런 식이면… 보인다! 나의 위대한 청춘 쥬브나일… 합법 하렘이 나를 향해 크라우칭 스타트 자세를 취하고 있어!

"헤에~ 체육제 때 노점을 내니까 그 리허설이란 말이지! 내 아들이랑 거래처 따님도 니시키즈타 고등학교를 다니는데!"

이런 식으로 손님이 말을 붙여 주는 일도 있을 정도다.

모두에게 말을 붙이긴 하지만, 특히나 주목의 대상인 사람은 노점 앞에서 줄 정리와 호객을 맡은 체리겠지. 뭐, 입은 옷이 옷이라서.

딱히 이상한 손님이 오는 건 아니니까 괜찮지만, 문제는….

"우와아. 이 나이에 이렇게 훌륭한 닭꼬치를 만들다니, 대단하군!"

"아, 아하하하…. 감사합니다. 자, 히이라기도…."

"힉! 나, 나한테 말을 걸면 안 된다!"

조리대 앞에 선 히이라기다. 누가 말을 걸 때마다 사잔카가 대응하지만, 히이라기로서는 누가 말을 건 시점에서 공포 이외의 다른 감정은 없을 테니.

"사람이 많아아~…. 무서워어~…. 히이라기 이머전시야~…."

본인으로서는 이머전시(긴급 사태)인 모양이다.

평소라면 노점에서 일할 때 더 거만한 어조인데, 오늘은 본래의 약한 어조.

즉, 그만큼 여유가 없다는 소리다. 실제로 울상을 하며 굽고 있고….

"히이라기! 조금만 더 힘내! 그러면…."

"우우우. 죽을 거 같아아~…."

옆에 선 사잔카의 말을 들을 여유도 없는 모양인지 비틀거리기 시작했다.

이거 슬슬….

"토쿠쇼, 히이라기와 교대해 줘."

"음? 내가? …알았다."

팬지도 히이라기의 한계를 알아차렸는지 후우에게 지시를 내렸다.

언제든지 지시를 들을 수 있게 노점 근처에 후우가 서 있었던 이유는 바로 히이라기와 교대할 수 있기 위함이기도 했겠지.

"모토키, 교대하지. 일단 쉬어라."

"고, 고마워! 신세 줄게!"

마음이 급한 건 알겠는데, 신세 **진**다고 해라.

우와, 빨라! 후우가 말한 순간 곧바로 뒤쪽으로 도망갔다!

"무, 무서웠어! 모르는 사람이 많아! …하아~ 이걸로 안심이야~!"

어제 내내 준비한 닭꼬치가 든 박스 옆에서 무릎을 껴안고 있는 모습으로 안도의 숨을 내뱉었다. 이래서야 당일에 괜찮을까?

"죠로, 당신은 일단 노점 앞에서 사쿠라바라 선배를 거들어 줘. 사잔카는 내 옆에서 상품을 전해 줘. 토쿠쇼, 일단 닭꼬치는 당신에게 맡길게."

"그, 그래!"

"알았어!"

"응. 맡겨라."

닭꼬치는 미리 준비한 수량이 있는 만큼, 후우 한 사람에게 맡기고 다른 구멍을 메우는 전법인가.

사잔카가 아니라 나를 노점 앞에 내보낸 이유는 아르바이트로 접객업을 해 봤던 내가 더 잘할 거라고 판단했기 때문이겠지.

"체리 씨, 이제부터는 나도 돕겠습니다."

"아, 죠로찌! 고마워! 그럼 같이 열심히 하자!"

"…이런."

그때 팬지가 뭔가 깨달았는지, 평소보다 민첩하게 일어서서 노점 안에서 떠는 히이라기 쪽을 보았다.

"히이라기, 일단 기기시…."

"저기, 네가 아까 닭꼬치를 굽던 애지?"

하지만 이미 때는 늦었다.

팬지의 말이 닿기 전에 한 아저씨가 노점 뒤에 있던 히이라기에게 말을 걸었다.

방금 전에 '아들과 거래처 따님이 니시키즈타에 다닌다'고 말했던 아저씨다.

"힉! 히이! 히야아!"

"우와! 괘, 괜찮니?"

갑자기 말을 걸어오는 바람에 놀란 히이라기는 그 자리에 제대로 주저앉았다.

이런…. 아저씨는 걱정스럽게 바라봤지만, 히이라기에게는….

"괘, 괘, 괘…괜, 찮, 아…."

오오! 히이라기 녀석, 도망칠 줄 알았는데 참고 대답을 했잖아!

필사적으로 일어서서 인사까지 하고….

몸은 떨리고 있지만, 그래도 이전의 지역 대회 결승전 때와 비교하면 대약진이다!

"그래! 다행이네! 아니, 네가 만든 닭꼬치가 너무 맛있어서 상점가 사람들도 다들 좋아하기에 고맙다고 말해 주러 왔지! …친구랑 같이!"

"치, 친구? …히익!"

"어이, 다들! 얘야, 얘!"

아저씨가 그렇게 말하며 손짓하자, 우르르 몰려오는 아저씨들.

아마도 모두 이 상점가에서 일하는 사람이겠지.

어느 틈에 총 여덟 명 정도의 아저씨들에게 포위돼서 히이라기는 완전히 고립되었다.

"아, 아, 아아아…."

"대단하지 않아? 이렇게 예쁜 애가 그렇게 맛있는 닭꼬치를 굽다니 말이야?"

마치 자기 일인 것처럼 자랑스럽게 말하고 있지만, 아저씨, 이건 안 됩니다!

다급히 도우러 가고 싶지만… 틀렸다. 이쪽은 이쪽대로 접객이….

"죠로찌, 여기는 괜찮으니까 얼른 가는 편이 좋겠어!"

"아, 알겠습니다, 체리 씨! 어이, 히이라…."

"……!!"

하지만 아슬아슬하게 한발 늦었다. 대량의 아저씨에게 포위된 히이라기는 박스를 쓰러뜨리며 엄청난 기세로 달아났다. …아니, 이게 무슨 짓이야?!

박스에서 닭꼬치가 한꺼번에 땅 위로 쏟아졌잖아!

팬지가 '혹시 히이라기가 제 몫을 할 수 없을 때를 위해서' 준비했던, 밑준비까지 다 끝낸 닭꼬치가… 전부 못 쓰게 되었다….

"어, 어어… 미안해. 왠지 겁준 것 같은데…."

뒤늦게 나타난 내게 아저씨들이 미안하다는 듯이 사죄했지만, 미안할 일은 없다.

이 사람들은 그저 순수하게 맛있다고 말해 주려고 한 것뿐이
니까….

"아뇨, 괜찮습니다. 저야말로 죄송합니다…."

그보다 어쩌지?

닭꼬치는 전부 못 쓰게 되었다. 최고로 맛있는 닭꼬치를 구울
수 있는 히이라기는 없다.

모처럼의 리허설이 이대로 가다간….

"사잔카, 뒤처리 부탁해도 될까?"

"그, 그래!"

"아! 우리도 돕지! 다들 괜찮겠지?"

재빨리 돕겠다고 나선 것은 그 아저씨들이었다.

"죄송합니다. 그리고 감사합니다…."

"아니, 뭘! 애초에 우리가 갑자기 몰려든 게 원인이고, 네가
사과할 것 없어! 게다가 문제가 생겼으면 서로 도와야지! 상점가
의 철칙이야!"

정말로 마음씨 좋은 사람들이다. 다만 히이라기가 그걸 몰라
주는 거지.

낯가림이 심한 그 녀석에게 모르는 사람은 모두 무서운 존재.

왜 그 녀석은 그렇게까지 남을 두려워하지?

"팬지, 어떻게 할까? 저 닭꼬치들을 못 쓰게 되었으니…."

"일단 만들어 둔 것들을 내놓자."

팬지의 말처럼 지금은 아직 만들어 놓은 것들이 있으니까 괜찮다.

하지만 그건 어디까지나 지금 있는 것뿐.

앞으로 올 손님들에게 다 줄 만한 양은 도저히 안 된다.

그걸 어떻게든 메우려면….

"산쇼쿠인. 이대로는…."

"만일의 경우에는 사잔카와 함께 만들 수 있을까?"

"해 보긴 하겠지만, 우리로서는 모토키만큼…."

알고 있어. 그러니까 팬지는 쓰러진 박스 옆에 있는 내가 아니라 사잔카에게 뒤처리를 부탁한 거야. 내가 해야 할 일은….

"그래. 그러니까 만일의 경우라는 거야. 죠로, 당신은…."

"잠깐 다녀올게!"

팬지의 지시를 끝까지 들을 것도 없이 나는 뛰어갔다.

밑준비가 끝난 닭꼬치를 못 쓰게 되었다면, 그게 가능한 녀석… 히이라기를 데려올 수밖에 없다.

그러지 않으면 거기서 리허설은 끝이다.

서둘러 노점에서 뛰쳐나간 내가 향한 곳은 '씩씩한 닭꼬치 가게'.

그러자 그곳은 그곳대로 대성황. 여전히 노점 앞은 장사진을 이루고 있었다.

히이라기가 도망칠 곳은 여기밖에 없다.

그렇게 확신하고 뒷문으로 들어가니… 역시나.

"무, 무서워~…. 모르는 사람이 말을 걸어오는 건 싫어~…. 우우! 우우!"

여전히 겉모습과 어울리지 않게, 무릎을 껴안은 포즈로 우는 히이라기가 있었다.

"어이, 히이라기."

"힉! 죠로! 미, 미안…해…."

바들바들 몸을 떨면서도 나를 향해 고개를 숙였다.

자기가 해선 안 되는 짓을 했다는 자각은 있는 모양이다.

"확실히 이해했다면 됐어. 그럼 얼른 돌아가자. 히이라기가 없으면…."

"무, 무리야! 무서워!"

어이, 응석받이. 그렇게 고개를 붕붕 내저으며 거부하지 말아줘.

자, 어떻게 이 녀석을 설득하지? 좋아, 여기서는 팬지의 사례를 따라서….

"히이라기의 마음은 알지만… 정말로 그걸로 될까?"

"……! 내… 마음을… 죠로는, 알아?"

아, 아무래도 효과가 있는 모양이다. 아까까지는 절대로 싫다는 태도였는데, 지금은 눈물로 부은 눈으로 이쪽을 바라본다.

즉, 내 이야기를 들을 마음이 있다는 소리다.

"히이라기는 츠바키의 라이벌이잖아? 그럼 츠바키처럼 열심히 해야지."

"…츠바키…처럼…."

몸을 떨던 것을 멈추고 히이라기가 일어서서 천천히 내 옆으로 왔다.

좋아, 좋아. 츠바키를 미끼로 삼는 작전은 잘 통한 모양이다.

"그래, 츠바키처럼. 자, 얼른 가자."

그 말과 함께 나는 히이라이에게 손을 뻗었다.

그러자 히이라기는 내 손을 향해 자기 손을 뻗어서….

"……읏!"

"안 가!! 죠로, 다른 사람들하고 똑같은 말을 해!"

난폭하게 내 손을 쳐 냈다.

"죠로는, 죠로는 그런 소리 안 할 거라 믿었는데! 으흑… 흑!"

뭐, 뭐야? 히이라기가 좀 이상한데?

마치 배신자를 보는 눈으로 나를….

"항상… 항상, 항상, 항상! 계에에속! 다들 그랬어! '네 마음은 안다. 하지만 츠바키처럼 열심히 하렴'이라고!"

이런…. 아마도 나는 히이라기에게 금구를 말한 것 같다….

"그래서 나는 열심히 했어! 싫어하는 음식도 참고 먹었어! 공부도 운동도 열심히 했어! 항상 츠바키에게 못 이겼지만, 그래도 나도 열심히 했어! 그런데 다들 칭찬해 주지 않아! 항상 '츠바키가 더 대단해!', '츠바키가 잘해!'라고! 나는… 흑흑… 흑…. 한번도 칭찬을 못 들었어!"

그 말을 듣고 깨달은 것은 지금까지의 히이라기의 언동이었다.

이 녀석은 아무리 사소한 일에도 뭔가 결과를 내놓을 때마다 우리에게 말했다.

'더 칭찬해 줘'라고. 그건 지금까지 츠바키와 계속 비교당하면서 칭찬을 듣지 못했던 히이라기의 진심 어린 바람이었다.

"츠바키는 아주아주 대단한 애! 츠바키에게 이길 수 있는 애는 없어! 그런데 나한테만 그래! '츠바키에게 이겨'라고! 아무도 못 이기는데 왜?! 왜 다들 자기가 못하는 걸 남한테 하라고 그래?! 그건 이상해!"

그렇지…. 츠바키처럼, 이란 말을 가볍게 하는 게 아니었어.

"우흑…. 흑…. 난 츠바키가 아냐…. 히이라기야…."

히이라기는 넘쳐 나는 눈물을 닦지도 않고, 넘쳐 나는 마음을 그대로 말했다.

츠바키가 아니라 히이라기. 거기에 모든 마음이 담겨 있는 듯했다.

"그, 그럼! 히이라기 나름대로라도 좋으니까, 열심히 해 보자! 그럼 혹시 히이라기도…."

"무리야…. 츠바키는 특별한 애. 평범한 나로는 못 이겨…."

"무슨 소리야?"

"옛날에… 초등학생 때 반에서 학급위원을 결정할 때가 있었어. 그때 다들 하기 싫어하면서 손을 안 들었어. 선생님이 '누가 손을 들 때까지 집에 못 간다'라고 그래도, 아무도 안 들었어. …나도 안 들었어."

이건 츠바키와 히이라기가 아직 사이좋았을 적의 이야기겠지.

그런 상황은 안다. 누군가가 해야만 한다. 하지만 다들 하기 싫어한다.

그러니까 다들 조용히 기다린다. 누군가가 희생해 손을 들 때까지….

"하지만 그때… 츠바키가 손을 들었어."

그래. 츠바키는 똑 부러지는 아이. 모두가 힘들어한다면 도와주는 녀석.

그때의 광경이 눈에 보이는 듯하군.

"나는 그때 생각했어…. 츠바키는 특별한 애. 모두의 앞에서 손을 들 수 있는 애. 그러니까 동경했어! 그러니까 좋아했어! …하지만 나는 그런 걸 못해! 나는 손을 못 드는, 모두와 똑같이 평범한 애야!"

즉, 히이라기에게 낯가림하는 자신은 '손을 들 수 없는 다수'인 존재.

그렇지 않은 츠바키는 특별한 존재란 소리인가….

"손을 들 수 있는 츠바키는 특별한 인기인. 손을 들을 수 없는 나는 평범한 사람. 하지만… 평범한데, 안 된다는 소리를 들어!"

…그런 건가.

처음부터 히이라기는 계속 주변 사람들과 똑같이 지내려고만 했다.

그런데 자기만 주의를 듣고 부정당한다.

열심히 해서 결과를 내놓아도, 특별한 존재와 비교당하고 칭찬도 못 듣는다.

"야단맞는 건 무서워…. 미움받는 건 더 무서워…."

"그러니까 히이라기는 낯가림쟁이가 되었나…."

더 잘 생각해야 했다. 히이라기가 낯을 가리게 된 원인을.

히이라기는 계속 남을 두려워한다고 생각했다. …하지만 아니다.

히이라기는 남에게 미움 사는 것을 두려워했다.

츠바키처럼… 아니, 츠바키 이상으로 하지 않으면 인정받지 못해서, 자신을 긍정해 주는 사람을 만나지 못해서 계속 부정당하고 미움을 샀다. 그게 싫어서 남과의 관계를 쌓는 일을 그만두었다.

"사실은 나도 츠바키처럼 특별해지고 싶었어…."

"아, 아니, 히이라기도 충분히 특별하거든? 엄청 맛있는 닭꼬치를 만들 수 있고! 봐, 우리랑도 친구가 되었잖아! 충분히 대단해!"

"그런 게 아냐! 츠바키는 맛있는 튀김꼬치를 만들 수 있어! 츠바키는 나보다도 더, 훨씬 더 많은 친구가 있어!"

고개를 마구 내저으면서 히이라기가 내 말을 부정했다.

"윽! 흐윽…. 나도 사실은 츠바키처럼 되고 싶어. 모르는 사람이랑도 대화를 하고, 친해지고 싶어…. 하지만 무서워…. 하라고 해도, 할 수가 없어…."

그래. 히이라기라고 아무 생각이 없는 건 아니다.

이 녀석 나름대로 자기 낯가림을 어떻게든 고쳐 보려고 했다.

"이번에는 괜찮다고 생각했어…. 죠로, 팬지, 사잔카, 체리, 후우… 멋진 친구가 곁에 있는 지금이라면 할 수 있다고 생각했어. …하지만 안 됐어…. 역시 나는 평범해. …특별해질 수 없는 보통 애야!"

히이라기는 히이라기대로 각오를 하고 오늘에 임했겠지.

자기가 신용할 수 있는 사람들과 함께 있으면 이번에야말로 특별해질 수 있지 않을까 하고.

하지만 그럴 수 없었다. 그래서 마음이 꺾인 걸까….

"아니, 히이라기는 내가 못하는 걸 할 수 있잖아."

"죠로는 내가 못하는 걸 많이 할 수 있어!"

굵은 눈물을 흘리면서 히이라기가 소리쳤다.

"모두를 모아 주는, 곧은 꼬치 같은 죠로! 넓은 시야로 만사를 보며 행동할 수 있는 팬지! 누구보다 다정하고 지켜 주는 사잔카! 항상 냉정하고 절대로 당황하지 않는 후우! 씩씩하게 웃으면서 모두를 웃게 하는 체리! 다들, 다들 대단한 사람이야! 다들 츠바키랑 같아! 손을 들 수 있는 사람이야! 그러니까 내 마음을 몰라!"

역시 너도 대단하잖아…. 그렇게 남의 대단한 점을 솔직히 인정하고 전혀 질투하지 않는 것도 충분히 대단한 힘이야.

"다들 싫어! 갑자기 말을 거는 사람도! 나한테 츠바키처럼 열심히 하라고 말하는 사람도! 하지만 제일 싫은 건… 하려고 해도 아무것도 할 수 없는 나야!"

"그래…. 알았어…."

이건 지금 당장 해결할 수 있을 만큼 간단한 문제가 아니다.

히이라기의 마음속에 뿌리내린 공포를 제거해야만 한다.

분명 츠바키는 처음부터 히이라기의 낯가림의 원인을 알고 있었다.

그러니까 그때 **그런 말**을 했던 거다.

간신히 이해했어….

"죠, 죠로. 아… 죠로도 나를 싫어하게 됐어?"

눈물을 흘리며 고개를 들고 매달리듯이 나를 바라보는 히이라기.

대체 나는 히이라기에게 뭐라고 하면 좋지?

이 녀석 안에 뿌리내린 문제를 제거하기 위해 뭐라고 하면….

"싫어하지 않아. 나랑 히이라기는 친구야."

이런 소리밖에 할 수 없는 게 한심하군….

"우, 우우우! 고마워~…. 고마워~…."

그만둬…. 그렇게 기쁜 듯이 나를 바라보지 마.

나는 그저 도망쳤을 뿐. 무슨 말을 해야 좋을지 모르니까, 그냥 질문에 대답했을 뿐이야.

"일단 나는 노점으로 돌아갈게. 히이라기는… 뭐, 오늘은 느긋하게 쉬어."

"미, 미안…해…."

"됐어. 오늘은 리허설이야. 실패해도 가치가 있어."

"하지만 실전에서도…."

"그걸 어떻게 할지는 지금 정하지 말고 다음에 하자. 그러니까 나는 가 볼게."

마지막에 그렇게 말하고, 나는 '씩씩한 닭꼬치 가게'를 뒤로했다.

다시 서둘러 돌아온 노점에서 본 것은 닭꼬치가 다 떨어져서 항의를 하는 손님들.

그리고 그런 손님들에게 깊이 고개 숙이며 사죄하는 팬지의 모습이었다….

나는 너의 진짜 힘에 전율한다

제 **5** 장

그 리허설로부터 1주일이 지난 토요일… 오늘은 체육제 당일.

다행인지 불행인지 오늘은 기막히게 날씨가 좋다.

오전 9시 30분, 구름 한 점 없이 맑은 하늘 아래, 니시키즈타 고등학교의 전교생들은 교정에 모여, 단상에 서서 하늘을 향해 손을 든 야구부의 전(前) 주장… 쿠츠키 선배를 주목하고 있었다.

"선서! 우리는 스포츠맨십에 따라 지금까지 길러 온 것을 내보이며, 정정당당히 전력을 다해 싸울 것을 여기에 맹세합니다! 선수 대표, 쿠츠키 카이토! …브이, 다!"

"좋아, 쿠츠키! 브이!! 우호호!"

마지막에 하늘을 향해 쳐들었던 손으로 V 사인을 보이며 소리치는 쿠츠키 선배.

체육제의 기본인 대사에 살짝 유머를 섞어서 분위기를 부드럽게 만들어 주었다.

체육제의 시작을 알리기에 어울리는 선수 선서다.

그리고 체육 교사인 쇼모토 선생님(우탄)도 쿠츠키 선배에게 편승하여 V 사인을 하며 웃었지만, 선생님 성격에 안 맞는 것 같은데? 진지하고 엄한 이미지였는데… 뭐, 됐어.

그 뒤 개회식을 무사히 마친 학생들이 각자 자기 반 위치로 돌아가는 가운데, 나나 일부 학생은 자기 반 위치가 아니라… 조금 떨어진 교사나 체육제 실행위원회가 있는 텐트 옆으로 향했다.

그러자 그곳에는….

"죠로찌, 어서 와! 으음, 역시 선수 선서는 멋지네!"

"쿠츠키 씨는 여전히 호쾌한 목소리로군. 올해 지역 대회 결승 전이 떠오른다."

노출 많은 메이드복을 입은 체리와 토쇼부 고등학교 야구부 유니폼을 입은 후우가 기다리고 있었다.

오늘 체육제와 동시 진행으로 치러지는 '따끈따끈한 튀김꼬치 가게'와 '씩씩한 닭꼬치 가게'의 매상 승부… 다시 말해 성전. 개 전 시각은 체육제의 시작보다 30분 늦은 오전 10시.

양쪽에서 판매하는 상품은 다섯 꼬치들이 한 팩에 300엔. 가 격과 개수를 변경하는 것은 금지.

그걸 자유롭게 풀면, 어디의 비겁한 남자가 매상으로 이기기 위해 가격을 극단적으로 낮추려 들지도 모른다는 경계를 샀기 때문이다.

…참나, 대체 그런 비겁한 짓을 생각하는 녀석은 누구야?

또 노점의 위치 말인데, 우리 '씩씩한 닭꼬치 가게'는 실행위 원 등이 있는 텐트 근처. 운동장을 사이에 두고 반대쪽에는 '따 끈따끈한 튀김꼬치 가게'가 출점. 위치에 더 낫고 못한 것은 없 다.

교문과의 거리는 비슷한 정도고, 학생이나 보호자의 시야에 들어가는 정도도 비슷하다.

다시 말해 조건은 완전히 대등.

승부를 가르는 것은 상품의 퀄리티나 멤버에게 달린 상황인데….

"저기, 히이라기. 조금이라도 좋으니까 닭꼬치 안 구울래? 나나 후우가 굽는 것보다는 네가 굽는 편이 훨씬…."

"……읔!!"

"아! 그렇게 도망치지 않아도…."

보다시피 히이라기의 낯가림은 이전보다 악화되었다….

원인은 당연하지만 그날 리허설에서의 대실패.

이전까지는 주위에 친구가 있으면 낯을 가리면서도 대화가 가능했는데, 지금은 이런 꼴이다.

조금이라도 모르는 사람이 있으면 한마디도 하지 않고, 닭꼬치를 굽는 건 논외다.

다만 혼자 있으면 외로운지 우리에게서 멀지도 가깝지도 않은 거리를 유지하면서, 지금은 노점 구석에 웅크려 앉아 무릎에 얼굴을 묻고, 누구의 눈에도 확연할 만큼 완전히 풀 죽은 기색이다.

그 모습을 보고 마음이 복잡해지는 이유는 바로 내가 히이라기의 트라우마를 건드렸기 때문이겠지. 그때 히이라기와 제대로 이야기했으면….

"미안, 팬지. 내가 실수하는 바람에…."

"신경 쓰지 마. 그보다도 지금은 준비에 집중하자."

"그래, 알았어. …그래서 어떻게 하지?"

"히이라기가 굽지 못한다면 사잔카와 토쿠쇼가 굽게 되겠지."

즉, 이대로는 우리의 패배가 확실하다는 말인가….

일단 어제 히이라기가 닭꼬치의 밑준비를 마쳐 놓았지만, 굽는 솜씨에 따라서 맛이 천차만별인 것이 닭꼬치인 이상 히이라기가 구운 것과 비교하면 벼락치기 솜씨인 사잔카와 후우로서는 맛에 커다란 차이가 난다.

안 그래도 멤버의 인기, 전단의 완성도로 차이가 크게 벌어졌는데, 상품의 퀄리티에서도 뒤진다면 한층 더 '따끈따끈한 튀김꼬치 가게'에게 매상에서 뒤지게 되겠지.

"어떻게든 내가 히이라기를 회복시켜 놔야…."

애초에 리허설 날 히이라기의 트라우마를 자극한 건 나다.

그 책임은 내가 확실히….

"죠로, 그건 아냐. 히이라기 문제는 다 같이 해결해야 해."

"아니, 팬지. 애초에 내가 리허설 날에…."

"그럼 나와 죠로의 입장이 반대였다면 당신은 그걸 나 혼자에게 맡길까?"

정말로 이 녀석은 내가 곤란한 방향으로 질문하는 솜씨가 뛰어나서 큰일이야….

"산쇼쿠인의 말이 맞다. 누군가가 잘못했다면 그건 전원이 커

버한다. 당연하다."

"우히히! 나도 그렇게 생각해! 나도 곧잘 실패하고 도움을 받으니까!"

"그래! 애초에 너는 뭐든 혼자서 생각하려고 해! 조금 더 나를 믿어 주면… 헛! 하, 한가하면 도와줄게! 그리고 지금은 마침 한가해!"

제길, 이 녀석들, 좋은 녀석들이군….

이런 상황에서도 이번 승부에 함께해 주고, 히이라기 문제까지….

"…고마워."

"별말씀을. …후훗. 여전히 응석받이라니까."

이 녀석의 콧대가 높아지는 건 조금 아니꼽지만.

"아, 그렇지. 죠로찌, 다들 체육제 일정은 지난번에 말한 사항에서 변경 없지?"

"네. 나는 10시 반부터 이인삼각, 그리고 오후 2시부터 물건 빌리기 경주로 노점을 떠납니다. 팬지와 사잔카, 그리고 히이라기의 일정도 전에 말한 대로입니다."

"OK! …그럼 제일 큰일일 때는 오후 2시부터 2시 반인가. 죠로찌만이 아니라 스미레코찌도 물건 빌리기 경주에 나가지?"

"네. …그럴 예정입니다."

그래, 제일 큰 문제는 그 시간이다. 나와 팬지가 동시에 노점을 떠나는 오후 2시.

히이라기가 제대로 해 주지 않으면 사잔카, 후우, 체리, 그렇게 셋이서 노점을 운영해야만 한다. 하지만 아무래도 셋이면….

"아하하! 죠로찌, 그렇게 걱정하지 않아도 괜찮아!"

"하지만…."

"신경 쓰지 마, 쓰지 마! 어떻게든 할 거야! 그보다도 아직 시간이 있으니까 슬쩍 정찰 좀 다녀올 수 있겠어?"

"정찰? 츠바키네 노점 말인가요?"

"응! 남은 준비는 우리끼리 해 둘 테니까, 죠로찌는 그쪽 분위기를 살펴보고 와! 그리고 혹시 지금부터라도 우리가 따라 할 수 있을 만한 방법이 있으면 가르쳐 줘!"

"…알겠습니다. 그럼 다녀오겠습니다."

츠바키와 히이라기의 성전보다 조금 먼저 시작된 체육제. 첫 종목은 공 넣기.

운동장의 상황을 슬쩍 확인하자, 공 넣기에 출전한 히마와리가 내 존재를 알아차리고 두 손을 붕붕 흔들었다. 저 녀석, 머리띠가 잘 어울리네.

"…열심히 해, 히마와리."

히마와리가 천진난만하게 활짝 웃으며 고개를 크게 끄덕였다.

역시나 소꿉친구, 꽤나 떨어져 있는데도 입의 움직임만으로 내가 무슨 말을 했는지 알았나.

성전으로 노점을 내지 않았다면 분명 제대로 응원해 줬겠지만….

그 뒤 운동장을 빙 돌아서 나는 목적지에 도착. 거기 세워진 노점.

거기는 아직 개점도 하지 않았는데, 주위에 많은 학생이 견학을 와 있었다.

이쪽은 아무도 보러 오지 않았는데… 이게 인기의 차이인가….

"햐아아! 왠지 이렇게 주목을 받으니 시합 같잖아!"

"아나에! 놀지 말고 제대로 준비를 거들어. 코스모스에게 전해서 네 휴식 시간을 없애 버려도 되냐?"

"히익! 그건 좀 참아 주세요, 히구치 선배!"

"참나… 새 주장이 되어도 잠깐만 눈을 떼면 금방 이러니…."

"아나에에게 그렇게 말하면서도 오늘도 여학생을 의식해 몰래 향수 같은 걸 뿌리며 멋을 내는 점에서 히구치가 은근히 밝힌다는 건데!"

"쿠츠키! 그러니까 너는 괜한 소리 좀 하지 말라고 전에도 말했지!"

"음, 그랬지! 하지만 말할 거다! 하하핫!"

마침 거기서 대화하는 인물은 야구부의 쿠츠키 선배와 히구치 선배, 그리고 같은 학년인 아나에였다.

역시나 야구부라 팀플레이에 익숙한지, 설치 속도가 우리와는 딴판이다.

우리는 아까 간신히 노점을 다 세웠는데, 이쪽은 이미 내부 배치까지 끝냈어.

"오, 죠로잖아. 이쪽 상황을 보러 왔어?"

"시바인가. 뭐… 그런 거야."

나를 발견하고 말을 걸어온 사람은 썬과 배터리를 짜는, 같은 야구부의 포수인 시바. 두 손으로 박스를 2단으로 쌓아 들고서 태연히 대화하는 점은 역시나 대단하군.

참고로 다른 멤버는… 노점 안에 츠바키와 탄포포가 있지만, 코스모스와 아스나로, 그리고 썬이 없네. 어디 갔지?

"어어, 썬이랑 코스모스 회장은…."

"지금 전단을 돌리고 있어. 여자는 설치보다는 전단을 돌리는 편이 효과적일 테니까. 요우키는 튀김꼬치를 만들어야 하니 남았지만."

이런. 그런 수가 있었나. …우리는 인원이 부족해서 그럴 수도 없지만.

"그렇군. …하지만 그럼 탄포포는 왜 남았지?"

"아, 그건…."

"우후후훗! 츠바키 님! 이 탄포포 특제 사랑의 약을 튀김꼬치에 섞으면 모두가 솜털바라기가 돼서 매상이 오를 게 틀림없습니다!"

"탄포포, 그런 이상한 약을 쓰면 안 된달까. 튀김꼬치의 맛이 변해."

"듣고 보니 그렇군요! 역시나 츠바키 님입니다!"

무슨 일이 있었는지 모르지만 꽤나 허드렛일에 적응했군. 이 멍청이.

"말도 안 되는 사고를 칠 것 같아서 여기 뒀어."

"…납득했어."

아무래도 탄포포가 바보라는 인식은 시바와 내 안에서 일치한 모양이다.

아니, 혹시 야구부원 전원일까? 이전에 야구부는 썬과 시바를 제외하면 솜털바라기라고 들었는데, 그게 탄포포 혼자만의 생각일 가능성도 충분히 그럴듯하고….

"그리고 대신 썬이 전단을 돌리러 나갔나."

"그런 거야. 원래는 내가 여동생에게 인사할 겸 가고 싶었는데, 이야기를 시작하면 길어진다고 붙잡혔어. 딱 30분만 얘기할 생각이었는데…."

그러고 보면 전에 썬에게 들었는데, 시바는 여동생을 무지 좋아한댔지.

…'시바'에다가, 여동생을 좋아한다…라.

"…어이, 시바. 너 무슨 색을 좋아해?"

"어? 내가 좋아하는 색? ……은색, 일까."

"역시나 오라버님입니다*."

"뭐야, 갑자기…."

일단 말해 둘까 싶어서. 정말로 일단.

"아, 죠로. 왔구나."

그때 츠바키가 노점에서 나와 내 옆으로 다가왔다.

체육제이기도 해서, 옷차림은 체육복에 에이프런을 걸친 모습. 꽤나 신선하다.

"여, 츠바키. 그쪽은 순조로운가 보네."

"응. 야구부 사람들은 아주 든든하고, 잘 풀린달까. 그쪽은 어때?"

"딱 하나 남은 문제만 해결하면… 꽤 좋은 승부가 될 것 같아."

"…하아, 역시 그 녀석이 모두의 다리를 붙들고 늘어지나…."

내용을 말하지 않아도 단정은 간단하다. 뭐, 그도 그렇지.

완전히 기가 막힌다는 눈치인 츠바키… 하지만 사실 내 의견은 다르다.

"츠바키는 그렇게 생각할지도 모르지만, 히이라기는 충분히 노력하고 있어."

"헤에. …왜 그렇게 생각할까?"

※역시나 오라버님입니다 : 라이트노벨 『마법과고교의 열등생』의 주인공 시바 타츠야는 여동생 미유키와 약혼한 사이로, 가명은 '미스터 실버'.

눈을 가늘게 뜨며 내 표정을 확인하는 츠바키의 모습.

동시에 살짝 옆으로 다가왔기에 츠바키의 달달한 슈크림 같은 향기가 내게 전해졌다.

"녀석 나름대로 열심이니까."

오늘도 개회식이 끝난 뒤에는 무릎을 껴안고 주저앉아 있었지만, 그만큼 어제 밤늦게까지 밑준비를 하고 아침에는 누구보다 일찍 학교에 와서 노점을 열 준비를 했다. 그런 히이라기 나름 대로의 노력이 있기에 우리는 아직도 '씩씩한 닭꼬치 가게'의 멤버로 활동하고 있다.

"확실히 히이라기는 낯을 가리고 겁이 많아. 누구에게 기대는 버릇이 있는 것도 틀림없어. 하지만… 분명히 노력해야 할 때는 노력하는 녀석이야."

"그런 건 라이벌인 내가 제일 잘 알고 있달까."

그렇지. 오래된 사이니까 당연한가.

"하지만 노력만으로는 안 된달까. 세상은 '노력'을 면죄부로 삼는 인간이 너무 많아."

"뭐, 그건 나도 동감이야. 하지만 그다음… 제대로 결과를 내 놓았으니까 나는 히이라기가 노력한다고 말하는 거야."

"히이라기가? 어떤 결과를 내놓았을까?"

"어이, 츠바키도 봤잖아?"

고개를 갸웃거리는 츠바키에게 나는 자신만만하게 웃어 주었다.

"지금까지 제대로 된 친구도 없었는데 자기 힘으로 친구를 만들었어. 사실은 무섭고 무서웠을 텐데, 꾹 참고 리허설에서는 남들 앞에서 닭꼬치를 구웠어. …아주 당연한 일을 당연하게 할 수 있는 건 내게 충분히 대단한 일로 보여."

아저씨들이 말을 걸었을 때도 본인 나름대로 필사적으로 대답했고.

"넌 모르지? 그 리허설 날 히이라기의 닭꼬치를 먹은 사람들이, '아주 맛있었다. 고마워'라고 인사까지 하러 왔거든."

"그건 처음 듣는 얘기랄까…."

아주 살짝 눈을 동그랗게 뜨는 츠바키.

뭐라고 할까, 평소에 냉정한 상대를 놀라게 하는 건 조금 득본 기분이다.

"어이, 츠바키. 너는 전에 말했지? **전력으로 덤벼 오는** 히이라기를 철저하게 뭉갠다고나 할까'라고 했지. …그래서 현재 상태의 히이라기에게 이기고 만족할 수 있어?"

"……."

츠바키에게서 대답은 없었다.

하지만 내 말은 제대로 전해졌다고 확신할 수 있었다.

"츠바키가 보기엔 아직 부족할지도 모르지만, 녀석은 녀석대로 조금씩 손을 들고 있어. 뭐, 본인은 모르겠지만."

그러니까 아주 조금… 이제 계기만 있으면 히이라기는 일어설 수 있다.

"손을 든다, 라. …응, 가르쳐 줘서 고맙달까."

"그래. 뭐, 내키면 이쪽 노점을 보러 와. 나도 정찰하러 온 거고. 츠바키네가 와도 환영할게."

"알았어. 여유가 생기면 보러 가도록 할까."

"기다릴게. …그럼 나는 슬슬 돌아갈 테니까…."

"아, 키사라기 선배네요! 혹시 저를 너무 못 만나서 외로움이 폭발한 결과, 이런 곳에! 으흐~응! 어쩔 수 없네요~! 우후후훗! 그럼 특별히…."

"또 보자, 츠바키!"

나는 츠바키에게 처억 손을 들어 주고 우리 노점으로 돌아갔다.

뒤에서 꽤나 시끄러운 불평이 들려왔지만, 무시하자.

※

오전 10시, 체육제는 첫 종목인 공 넣기가 끝났다. 상황을 확인하니, 지금으로서는 우리 적팀이 살짝 우세.

그리고 오전 10시라는 말은 즉, 성전이 시작되는 시간이다.

팬지가 포인트라고 말했던, 초반의 상황 말인데….

"어서 오세요! 맛있는 닭꼬치 있습니다~! 하나 사 가시면 어떨까요?"

노점 앞에서는 메이드복 차림의 체리가 착실하게 남학생과 남자 보호자를 상대로 노점으로 유도.

"…네, 거스름돈 700엔입니다."

"여기 상품입니다! 감사합니다!"

찾아온 손님에게 팬지가 거스름돈을, 내가 상품을 건넨다.

…어때? 순조로워 보이지?

하지만 그건 큰 오산이다.

"아! 여기 닭꼬치 판다! 어때, 하나 사 갈까?"

"으음…. 아까 저쪽에서 튀김꼬치 먹었으니까 나중에 먹지?"

"그래! 너무 먹으면 살찌니까 그럴까! 그리고 또 튀김꼬치를 사러 갈지도 모르니까! 야구부 애들도 있고 아주 맛있었고!"

노점 앞을 지나가는 여학생들의 대화. 이게 모든 것을 말해 주고 있다.

역시 멤버의 학교 내 인기가 초반에 크게 영향을 끼쳤다.

츠바키 팀에 있는 야구부 멤버, 게다가 학생회장인 코스모스, 테니스부의 에이스인 히마와리, 신문부의 아스나로.

그 녀석들이 노점을 냈다는 말에 흥미를 가진 학생들이 우르르 '따끈따끈한 튀김꼬치 가게'로 몰려 간 것이다.

반대로 이쪽은 지나가던 학생이나 보호자에게 말을 걸어서 간신히 판매하는 레벨.

때때로 흥미를 품고 사러 오는 사람도 있지만, 츠바키네와 비교하면 하늘과 땅 차이.

츠바키 팀이 얼마나 매상을 올렸는지는 모르지만, 멀리 보이는 인파가 우리와의 차이를 여실하게 보여 줘서 이를 악물 수밖에 없다.

게다가 문제는 맛도 츠바키네가 위. 우리는 사잔카와 후우가 닭꼬치를 만드는 것과 달리 상대 팀은 츠바키가 튀김꼬치를 만드니까 당연하다.

우리 팀도 히이라기가 만들게 해서 맛의 차이를 좁히고 싶지만….

"……."

여전히 히이라기는 조용히 앉아 있는 상태.

이건 도저히 닭꼬치를 만들 만한 상태가 아니다.

"…사, 사…잔카…."

"응! 고마워, 히이라기!"

일단 의욕 자체는 있는지 남의 눈에 띄지 않게 무릎을 껴안은 포즈인 채로 꼼지락꼼지락 움직여서, 아직 굽기 전의 닭꼬치를 사잔카에게 넘겨주었다.

사잔카는 웃으며 그걸 받았지만… 그렇게 수고를 줄일 만큼 바쁘지도 않아.

"…이대로 가다간 위험해…."

"그래. 히이라기가 닭꼬치를 굽지 않으면 우리는 못 이겨."

회계 업무를 위해 옆에 앉아 있는 팬지에게 작은 목소리로 말하자, 단단한 대답이 돌아왔다.

평소와 전혀 다르지 않은 목소리가 살짝 나를 안심하게 해 주지만….

"이렇게 몰렸어도 너는 냉정하군…."

진짜로 절망적인 상황이라고. 역전의 방법이 전혀 보이질 않아.

"당연하잖아."

가볍게 웃으면서 나를 곁눈질하는 팬지.

자신만만한 웃음이란 바로 이걸 보고 하는 말이겠지.

왜 이 녀석은 이런 태도를….

"죠로가 어떻게든 해 줄 테니까. 허둥댈 이유는 하나도 없어."

나 이상으로 나를 믿으니까 팬지는 참 귀찮단 말이야….

"즉, 내가 히이라기를 부활시킬 계기만 만들면 그다음은 어떻게든 된다는 소린가."

"그런 간단한 이야기는 아니라고 생각하지만, 왜 그렇게 생각했을까?"

이 녀석 바보 아냐?

평소에는 그렇게 예리한 주제에, 왜 이렇게 간단한 걸 모르지?

…아니, 아까 말을 그대로 가져와서 가르쳐 주지.

"그다음은 팬지가 어떻게든 해 주겠지. 허둥댈 이유는 하나도 없어."

"어쩔 수 없네…."

왜 기쁜 듯이 웃는 거야. 방금 전에 네가 한 말이잖아. '히이라기가 닭꼬치를 굽지 않으면 우리는 못 이겨'라고.

그러니까 히이라기가 닭꼬치를 굽기 시작하면, …이길 수 있다는 소리지?

"그런데 죠로, 슬슬 시간이 되지 않았어?"

"…아! 이런!"

그래! 나는 10시 반부터 아스나로와 이인삼각에 나가니까, 일단 노점을 떠나야 해!

솔직히 매우 걱정이지만….

"괜찮아, 나한테 맡겨 줘. 그보다도… 다치지는 마."

"그, 그래."

뭐야…. 아무리 생각해도 노점 쪽이 큰일인데 내 걱정을….

"너무 아스나로랑 붙어 있으면 내가 무슨 짓을 할지 몰라."

"하다못해 경기에서 다치게 해 줘!"

이러니까 팬지는 무서워! 얼른 가자.

※

[지금 실행위원 텐트 옆에서 닭꼬치를, 반대편에서 튀김꼬치를 팔고 있습니다. 관심 있으신 분은 구입해 주십시오. 양쪽 다 300엔에 다섯 개씩 들어 있습니다.]

운동장에 울리는 안내 방송. 지금 목소리… 야마다지?

화무전 이후로 목소리를 처음 들은 것 같은데… 기분 탓이겠지.

가끔 코스모스를 도우러 학생회에 갈 때 이야기를 나누기도 하고.

"아! 죠로, 여기입니다! 여기!"

안내 방송을 들으면서 경기가 치러지는 교정으로 향하자, 기다리고 있던 아스나로가 나를 발견하고 포니테일을 흔들면서 점프했다.

그대로 합류한 후 이인삼각 준비 대열에 서서 우리 차례가 오는 것을 기다리는데….

"후후훗! 드디어 이때가 왔습니다!"

"하다못해 순서가 온 뒤에 발을 묶었으면 하는데?"

이미 나와 아스나로의 다리를 꽉 고정시킨 게 조금 문제다.

"무슨 말입니까! 제가 얼마나 힘들게 이 이인삼각 자리를 손에 넣었다고 생각합니까! 여러 정보를 조작해서 간신히 해낸 거니까요! 간·신·히!"

그 말을 들으니 생각났는데, 얼마 전에 있었던 체육제 종목 결정의 날에 이런저런 일이 있었지.

별로 떠올리고 싶지 않으니까 이 이상 깊게 캐지 않겠지만.

"그런데, 그쪽 노점은 좀 어때?"

"글쎄요! 개점과 동시에 많은 사람이 밀려들어서 바쁩니다! 본래 호객을 해야 할 히마와리가 줄 정리를 할 정도고요!"

…그렇군요. 들을 것도 없이 그쪽이 우세라고 생각했으니까 각오는 돼 있었지만, 설마 호객을 할 필요도 없다니….

그 상태가 체육제 종료까지 계속 유지된다면 아무리 애써도 쫓아갈 수 없겠다….

"그보다 지금은 이인삼각입니다! 어디까지나 메인은 체육제니까요! 체육제!"

"알고 있어…. 아니, 그렇게 달라붙지 않아도…."

"죠로는 싫습니까? 저와 함께 이인삼각을 하는…."

아, 비겁해. 그렇게 보란 듯이 기죽은 얼굴을 하며 나를 바라봐도….

"딱히, 싫은 건 아냐…."

"후후후! 역시 죠로는 상냥하군요!"

그 말과 함께 한층 내게 밀착하는 아스나로.

부드러운 감촉, 사과 향과 비슷한 샴푸 향기. 왠지 가을이 왔다는 느낌이다.

"죠로! 자, 좀 더 바짝 붙으라요!"

"아니, 아직 시작도 안 했으니까, 그렇게 달라붙을 필요는 없잖아!"

"그랄 순 없디! 절대로!"

너무 흥이 올라서 사투리를 쓰고 있잖아.

참고로 이제부터 도전하는 이인삼각 말인데… 우리는 큰 차이로 1위를 따냈다.

※

오전 10시 50분. 체육제는 계속해서 적팀이 우세.

이인삼각을 마친 나는 아스나로와 헤어져서 서둘러 '씩씩한 닭꼬치 가게'로.

그러자 그곳에는 카리스마 그룹 애들이 있고, 아이리스가….

"죠로! 현재까지 '따끈따끈한 튀김꼬치 가게'의 판매량은 375개! '씩씩한 닭꼬치 가게'는 70개! 위험해! 차이가 크게 벌어졌어!"

가르쳐 줘서 고마워.

그런데 어떻게 양 점포의 판매량을 그렇게 자세히 알고 있지?

"후후후! 저쪽에 두 명, 이쪽에 두 명씩 붙어서 상황을 보고하고 있으니까!"

여전히 대단한 팀플레이로군, 어이.

하지만 큰일인데….

아직 시작하고 한 시간 정도밖에 안 지났는데, 이 정도로 차이가 벌어지다니.

게다가 기분 탓인지 내가 노점을 나서기 전보다 손님이 준 것 같아….

"인기도 그렇지만, 역시 맛에서 차이가 나는 것 같아…. 두 노점에서 산 학생이 말했어. '튀김꼬치 쪽이 맛있다'라고…."

그렇지. …기본적인 인기도 그렇지만, 입소문에서의 차이도 생긴다.

즉, 시간이 지나면 지날수록 차이가 더 커진다는 소리다.

"그러니까 죠로! 사잔카가 맛있는 닭꼬치를 만들 수 있게 뒤에서 뜨거운 허그를…."

응? 뭐라고? 체육제의 함성이 너무 커서 아무 소리도 안 들렸어.

하지만 상황은 이해했다. 그럼 더 차이가 벌어지기 전에 어떻게든 히이라기를….

"여… 역…시, 내가… 힉! 무서워~…. 흑… 흐윽…."

틀렸나…. 본인 나름대로 힘을 내 보려는 모양이지만, 마지막 용기가 나오지 않는 거겠지.

눈물을 흘리면서 어떻게든 일어서려다가, 도로 쪼그리는 행동을 반복하고 있다.

저런 모습을 보아하니 억지로 노점에 세웠다간 리허설 때 꼴이 난다….

"기다렸지, 팬지."

"그래, 어서 와. 죠로."

일단 이곳에도 손님이 몇 명 서 있기는 해서, 노점 뒤쪽으로 들어간 후 팬지와 합류.

"아직 상황은 좋지 않아."

"그래, 아까 아이리스한테 들었어."

슬쩍슬쩍 들려오는 '아까 먹은 튀김꼬치가 맛있었다', '저쪽의 튀김꼬치가 맛있다'라는 손님들의 목소리.

역시 히이라기가 아니면 츠바키와 싸움이 되지 않는다.

그로부터 30분, 우리는 누가 종목에 나가는 시간도 아니기에 전원이 노점을 운영했지만, 서서히 손이 남는 시간이 눈에 띄기 시작했다.

"거기 너! 우리 노점에서 닭꼬치 사 가지 않을래!"

"아니, 아까 튀김꼬치 먹어서. 그리고 여기 닭꼬치는 그냥저냥 이라…."

"…아. 알았어…."

처음에는 남학생들에게 권유율 100퍼센트를 자랑하던 메이드

체리도 지금은 이런 꼴.

이렇게 현저하게 맛과 인기에서 손님 수의 차이가 생기다니….

노점이 두 개밖에 없으니까 비교당하는 건 당연한가….

이쪽도 열심히 맛있는 닭꼬치를 만들고 있으니까, 튀김꼬치와 비교하지 말고 닭꼬치로 평가를… 아니, 아닌가.

보통보다 뛰어난 정도로는 인정을 받을 수 없다.

뛰어난 것보다 뛰어나지 않으면 인정을 받을 수 없다.

어쩌면 이것이 히이라기가 계속 맛보았던 기분일지도….

그리고… 10분 뒤인 오전 11시 30분.

드디어 '씩씩한 닭꼬치 가게'에 오는 손님이 사라졌다….

"큰일이야, 죠로! '따끈따끈한 튀김꼬치 가게'의 판매량이 515 개인데, '씩씩한 닭꼬치 가게'는 105개. 아까보다 차이가 벌어졌어!"

그리고 아이리스에게 전해 들은 판매량.

이제부터 죽어라고 뛰어도 따라잡을 수 있을지 알 수 없는 차이다….

"미, 미…안…해…. 흐윽… 흑…."

히이라기가 눈물을 흘리면서 우리에게 사과했다.

하지만 탓하는 녀석은 아무도 없었다.

"괜찮아! 이제부터야!"

"그, 그래! 내가 닭꼬치를 더 맛있게 구우면 되고, 히이라기만 잘못한 게 아냐!"

"나야말로 미안. 힘이 부족하다….."

"아냐! 내가 잘못했어…. 나 때문이야…. 역시, 내가…."

필사적으로 히이라기를 달래지만 효과는 없었다.

히이라기의 눈물은 멈추는 일 없이 계속 흘렀다.

"흐응. 그렇게 너는 뭐가 잘못인지 알고 있는데도 또 울기만
하는 거야?"

그때 한심하다는 듯 냉담한 목소리가 우리 노점에 들려왔다.

체육복에 에이프런을 걸친 '따끈따끈한 튀김꼬치 가게'의 점
장… 츠바키다.

"츠, 츠바키! …아! 우! 우으으!"

누구보다 빨리 반응한 것은 물론 히이라기.

울고 있는 모습을 보이기 창피했는지, 필사적으로 자기 눈을
팔로 문질렀다.

"뭐, 뭐 하러 왔어!"

거만한 어조로 말할 여유도 없는지 본래 어조인 채로 츠바키
에게 덤벼드는 히이라기. 그래도 이렇게 제대로 말할 수 있으니
까 히이라기에게 츠바키가 얼마나 대단한 존재인지 잘 알겠다.

"죠로가 '내키면 보러 와'라고 했는데, 내키기에 보러 왔어. 잔
뜩 만들어 두고서."

분명히 히이라기가 기운을 내게 될지도 모른다고 생각하고 불

렸는데… 과연 이게 정답이었을까? 츠바키, 꽤 예리한 눈을 하고 있어서 무서운데….

"저리 가! 츠바키와 할 말은 하나도 없어!"

"나한테는 있으려나."

그 말과 함께 츠바키는 히이라기에게 다가갔다.

"저기, 히이라기…. 잘 알고 있는 거야?"

"뭐, 뭘… 말이야…?"

"이번으로 마지막. 더 이상 성전은 해 주지 않을 거니까."

"그, 그게 어쨌단 말이야!"

그렇게 말하면서도 히이라기는 츠바키가 하는 말을 이해했겠지.

히이라기는 츠바키에게 '친구로 돌아와 달라'라는 바람을 실현시키기 위해 지금까지 계속 지면서도 츠바키에게 도전했다. 하지만 더 이상 그럴 수 없다.

진짜로 이게 마지막 기회라는 말을 들었으니까.

"…모른다면 가르쳐 줄까."

"힉!"

그야말로 사형 선고라도 하는 듯한 츠바키의 냉담한 목소리에 히이라기는 몸을 떨었다. 직접 듣지 않은 나조차도 무심코 몸을 떨었으니까, 그 말의 대상인 히이라기의 공포는 상당하겠지.

하지만 그래도 츠바키에게 용서란 말은 없다.

예리하고 차가운 나이프 같은 시선을 히이라기에게 보내며,

"진심으로 덤벼. 지금의 네게 이겨도 내 승리가 되지 않아."

츠바키는 힘주어 그렇게 말했다.

"…어? 무, 무슨 말…이야?"

히이라기가 놀라서 내뱉은 말에 츠바키는 어딘가 달관한 웃음을 지었다.

"히이라기… 나는 네가 싫달까. 항상 남에게 매달리기만 하고, 스스로는 뭘 하려고 하지 않아. 문제가 생기면 바로 울면서 누군가에게 도움을 받아. 나의 한심한 라이벌인 히이라기를 싫어한 달까."

솔직하게 전해진 말에 히이라기가 살짝 어깨를 움츠렸다.

다만 츠바키에게서 도망치고 싶지 않겠지. 필사적으로 지면에 버티고 서 있다.

"나, 나도, 항상 엄한 츠바키는… 시, 싫어! …가 아니야…."

아, 거짓말 같은 재주는 이 녀석에게 없군.

"나는 츠바키가 좋아! 싫다고 해도 나는 몰라! 항상 대단한 츠바키, 뭐든지 할 수 있는 츠바키, 모두와 친한 츠바키…. 그, 그러니까…."

"있잖아, 히이라기."

히이라기의 말을 가로막는 츠바키의 목소리.

지금까지의 엄한 목소리가 아니라 살짝 기분 좋고 다정한 목

소리였다.

"두 가지 불평을 말해 보도록 할까."

"두, 두 가지라니… 뭐?"

츠바키의 '불평'이라는 말이 무서운지, 히이라기는 몸을 떨었다.

"일단은… 지난번에 노점에 온 손님에게 들었어. '여기 튀김꼬치보다 새로 생긴 노점의 닭꼬치 쪽이 맛있었다'라고. 아주 분했달까. …내가 너한테 져서."

"어? 츠바키의 튀김꼬치보다 내 닭꼬치가? 내가… 츠바키에게 이겼어?"

"응. 성전의 승패와는 관계없지만."

"내가, 츠바키에게…."

히이라기는 츠바키의 말을 믿을 수 없는지 눈을 동그랗게 떴다.

하지만 츠바키가 하는 말은 아마도 사실이겠지.

솔직히 츠바키의 튀김꼬치와 히이라기의 닭꼬치의 맛은 거의 호각. 그럼 먹은 사람의 기호 문제다.

그러니까 츠바키의 튀김꼬치보다 히이라기의 닭꼬치를 택하는 사람이 있어도 전혀 이상하지 않다.

"그리고 또 하나…."

츠바키가 그렇게 말하며 어딘가 쓸쓸한 미소를 지었다.

"'대단하다'는 말을 당연하다는 듯이 듣는 건 지친다고나 할까. '보통'이기만 해도 실망하잖아? 그러니까 고집스럽게 뭐든지 '대단하다'를 지켜야만 해."

"무, 무슨 의미?"

"모르겠어?"

아주 잠깐 보여 준 츠바키의 망설임.

그것은 지금까지 계속 착실한 모습을 보인 츠바키이기에 나오는 망설임이겠지.

"나도 **손을 들고 싶지 않았어.**"

그 말의 의미는 두 사람의 과거를 아는 사람 외에는 아무도 모를 것이다.

"! 츠, 츠바키… 들고 싶지 않았어?"

"응. 하지만 그때 어디의 누가 울 것 같은 모습으로, 또 모두가 난처해할까 봐 무서움을 참으며 손을 들려는 것을 보고… 아주 분하고 지고 싶지 않아서… 손을 들었달까."

츠바키가 지고 싶지 않은 상대. 그 사람이 누구인지는 말할 것도 없다.

처음부터 츠바키는 말했잖아. 자기 라이벌이 누구인지.

"츠, 츠바키, 저기…!"

"그리고 보면 아직 성전의 시작 의식을 치르지 않았지."

히이라기의 말을 가로막으며 츠바키는 자기 오른손을 가슴으로 뻗었다.

그리고,

"이번에는… 이렇게 할까."

자기 손등에 키스를 했다.

"나는 이 성전에 내 존재 의의를 걸 꺼야. 히이라기… 아주 오래전부터 함께한 나의 라이벌. 너에게만은 지고 싶지 않아. 전력으로 싸워 볼까 해."

거짓말은 하지 않았다. 츠바키는 진심이다. 그 표정은 마치 시합 전의 썬과 같다.

야구를 좋아하고, 그러니까 전력으로 즐기면서도 승패에 얽매이는 승부를 할 때의 얼굴. 그것과 완전히 똑같은 표정을 츠바키가 지었다.

"그러니까 다시 한번 말할게."

그렇게 말하며 히이라기를 바라보는 츠바키의 눈은 방금 전의 차가운 눈이 아니라 뜨겁게 타오르는 불길 같은 눈이었다.

"진심으로 덤벼. 지금의 네게 이겨도 내 승리가 되지 않아. 나는… 내게 이긴 너에게 이기고 싶어."

"츠바키에게 이긴… 나…."

"그럼 슬슬 돌아갈까. 이제 곧 정오고 손님도 이제부터 많이 올 테니."

멍하니 있는 히이라기를 놔두고 몸을 돌려 떠나가려는 츠바키.

하지만 그걸….

"저기, 츠바키. 잠깐 기다려 줄 수 없을까?"

팬지가 제지했다.

"무슨 일일까… 팬지?"

"1학기에 당신이 나와 코스모스 선배, 그리고 히마와리에게 죠로를 건 승부를 청했을 때의 일을 기억하고 있어?"

"응, 잘 기억한달까."

아, 그거 말인가…. 분명히 이 녀석들이 나란히 토끼 귀를 달고 나한테 트라우마를 심어 준 승부 말인가… 그게 어쨌다는 거지?

"그때는 무승부가 되었지만… 이번에는 내가 이기도록 하겠어."

"아쉽지만 그건 무리랄까. 내가 이길 테니까."

정면에서 츠바키를 바라보며 선전 포고를 하는 팬지.

그게 츠바키로서는 기뻤겠지. 평소보다 조금 유쾌한 미소를 지었다.

"먼저 충고해 둘게. 당신의 라이벌은 히이라기만이 아냐. 전부터 계속 감사의 말을 하고 싶었으니까. …내 소중한 죠로와의 시간을 줄인 당신에게."

"그게 내 제안을 거절하고 네가 이쪽에 붙은 진짜 이유일까?"

"그래. 겨우 알았어?"

그래서 팬지는 이번에 왠지 순순히 이쪽에 붙어 주었나.

츠바키에게 이기고 싶은 녀석은 히이라기만이 아니었다….

"…간신히 재미있어질 것 같달까."

그렇게 말하더니 이번에야말로 츠바키는 우리 노점을 떠나갔다.

"히이라기를 위해서 일부러 츠바키를 불러 줘서 고마워, 죠로."

"인사는 이긴 다음에 해. 애초에 아직 우리 일은 끝나지 않았어."

"그래. 이제부터는 우리의 힘을 보여 주자."

그래. 츠바키가 히이라기에게 기합을 넣어 주었지만, 어디까지나 기합일 뿐.

우리 상황은 아무것도 개선되지 않았다.

환성이 일고 시끌시끌한 체육제와는 정반대로 조용한 노점.

아직 '씩씩한 닭꼬치 가게'에 오는 손님은 한 명도 없다.

하지만… 그런 상황이니까 할 수 있는 것도 있다.

"저기, 히이라기."

"…왜, 죠로?"

츠바키의 말이 충격이었는지, 아직 어딘가 정신 나간 상태인 히이라기에게 말을 걸자, 몸을 움찔 떨면서도 반응이 있었다.

"실은 나 말이야… 팬지가 엄청 싫었어."

"어! 그, 그래?!"

"어머. 심한 말을 하네."

놀라는 히이라기와는 정반대로 팬지는 어딘가 여유 있는 미소와 함께 그렇게 말했다.

"그래. 이 녀석, 성질이 어둡고 달라붙어서 짜증나는 소리만 하니까, 정말로 엄청 싫었어. 얼굴도 보고 싶지 않다고 생각할 정도로. …아니, 팬지만이 아냐. 사잔카도, 후우도, 체리 씨도, …처음에는 싫었어."

"어? 어어어어어!"

내 말을 믿을 수 없는지, 히이라기는 놀란 모습으로 다른 멤버들의 얼굴을 보았다.

뭐, 지금의 관계밖에 모른다면 그럴지도.

"사잔카는 거짓 정보를 믿고 나를 규탄했고, 후우는 작년에 내 친구의 꿈을 가로막았고, 체리 씨는 자기 좋으려고 팬지에게 남자를 만들어 주는 걸 도우라고 그러고… 정말로 싫었어."

"윽! 미, 미안했어!"

"네 입장을 생각하면…. 뭐, 마음은 모를 것도 아니다."

"우히히! 나도 처음에는 죠로찌가 엄청 싫었어~"

내 말에 제각각 반응을 보이는 사잔카와 후우와 체리.

정말이지 이번 멤버는 히이라기에게 이것을 전하기에 최고의 멤버로군.

"하지만 지금의 나는…."

솔직히 말해서 이제부터 내가 하려는 말은 꽤나 창피하다. 가능하면 말하고 싶지 않다.

그래도 히이라기에게 전하자. …그도 그렇잖아?

설령 아무리 창피해도…. 설령 아무리 말하고 싶지 않아도….

"여기에 있는 모두를… 좋아해."

하기로 마음먹었으면 한다. 그것이 나의 모토다.

"후후후. 물론 나도 죠로를 좋아해."

"핫! 아, 저기! 나, 나도… 죠로를, 좋…아…해…."

"홋…. 나도 너를 좋아한다, 죠로."

"나도, 나도! 뭐, 물론 후우와 같은 방향의 '좋아한다'지만! 우히히히!"

하아. 이렇게 될 줄 알긴 했지만, 역시나 팬지와 체리가 신이 났다.

특히나 체리가 심하다. 꽤나 장난스러운 표정으로 나를 바라본다.

물론 이유 없이 이런 소리를 한 게 아니다.

다만 히이라기에게 말할 거면 지금이라고 생각했으니까 전하는 것이다.

계속 츠바키와 비교 대상이 되어서 낙담만 시키고 경원당한 히이라기에게….

"알겠어, 히이라기? '싫다'는 건 그걸로 끝이 아냐."

"끝이 아냐?"

"그래. '싫다'에서 '좋아한다'로 변하는 일도 흔히 있어. 물론 뭐든 다 잘된다고만 할 순 없지만."

솔직히 말해서 나는 실패가 많다. …게다가 반대의 케이스도 있다.

처음에는 최고로 마음이 맞아서 친하게 지냈는데, 별거 아닌 사정으로 싫어하게 된 녀석도 있지. 그 녀석과는… 한동안 친하게 지낼 수 있을 것 같지 않아.

"아무리 필사적으로 애써도, 받아들여지지 않을 때는 받아들여지지 않아. 오히려 거절당할 때도, 부정당할 때도 있지. 하지만… 무서워서 아무것도 하지 않으면 아무것도 손에 들어오지 않아. 그러니까… 무서워도 하는 거야."

"죠로도, 무서워? 미움 사는 거?"

"그래. 나만이 아냐… 츠바키도 무서울걸."

"아냐! 츠바키는 대단해! 특별하고, 나랑은 전혀 다르고…."

"똑같아."

히이라기의 말을 가로막으며 나는 주저 없이 그렇게 말했다.

"우리는 딱히 특별하지 않아. …그저 특별하게 여겨지고 싶으니까 특별해지려고 할 뿐이야."

"하, 하지만…."

아직 모르는 걸까. 그럼 어쩔 수 없지. 츠바키가 계속 히이라기에게 했던 말을 내가 다시 확실히 해 줘야지.

"당연히 똑같지. 츠바키는 말했잖아? '히이라기는 절대로 지고 싶지 않은 나의 라이벌'이라고."

"…아!"

그래. 라이벌이라는 말은 자기 아래로 보는 녀석에게는 절대로 쓰지 않는다.

자신과 동등, 혹은 그 이상의 힘을 가진, 절대로 지고 싶지 않은 상대에게 쓴다.

이것도 녀석에게 배워서… 내가 잘 아는 사실이지….

"그럼 츠바키는 나와 마찬가지로…."

"그래. 혹시 네가 츠바키를 특별하다고 생각했다면, 츠바키도 너를 특별하다고 생각해. 그러니까… 그 힘을 조금만 보여 주지 않겠어?"

"저기… 그건…."

아직 각오가 서지 않았는지, 히이라기는 어딘가 주저하는 기색이었다.

다만 아쉽게도 내가 할 말은 더 이상 없다.

그러니까 여기서부터는…… 내가 좋아하는 든든한 녀석들의 차례다.

"나도 찬성! 히이라기, 지금부터는 네가 닭꼬치를 구워! 난 네 닭꼬치 좋아하니까, 많은 사람들에게 먹여 주고 싶어!"

누구보다도 먼저 움직인 사람은 사잔카.

히이라기에게 활짝 웃어 주면서 자신감 넘치도록 히이라기에게 주먹을 불끈 쥐어 보였다.

"모토키… 홈런을 노리고 가라. 아웃을 두려워하지 마라. 뒤에는 내가 있다. 팀플레이로 이기자."

후우는 평소처럼 무뚝뚝한 얼굴. 하지만 잘 보면 입가가 살짝 풀어져 있다.

아마 본인 나름대로 열심히 웃는다고 웃은 거겠지.

"우히히! 괜찮아, 히이라기찌! 죠로찌는 엄청 민폐를 끼쳐도 어떻게든 해 주니까! 사양 말고 나랑 같이 팍팍 민폐 끼치자!"

체리가 웃으며 히이라기의 옆에 섰다.

다정하게 히이라기의 손을 잡는 건 좋지만… 나한테 민폐 끼친다는 전제는 좀 아니잖아.

그리고 마지막에 팬지가 일어서서 히이라기에게 다가가더니,

"히이라기… 당신의 힘이 필요해. 츠바키에게 이길 수 있는 당신의 힘을, 빌려줘."

똑바로 히이라기를 바라보며 그렇게 말했다.

"팬지…."

"왜, 히이라기?"

아직 스스로를 믿을 수 없는 거겠지.

약하디 약하게 팬지의 체육복을 붙잡는 힘이 바로 히이라기의 자신감을 말하는 듯했다.

"어어… 나 무서워서 또 도망칠지도 몰라….”

"그래. 체육제는 리허설 때보다도 사람이 많고.”

팬지가 단적으로 사실을 전하자, 히이라기가 움찔 몸을 떨었
다.

"하지만… 하지만….”

천천히 팬지의 체육복에서 손을 떼더니, 손을 가슴 앞에 들었
다.

"우우… 우뉴우우우우!!”

그리고 힘껏 자기 손등에 키스를 했다.

그게 뭘 뜻하는지는 말할 것도 없다.

"이제부터가, 나… 나, 나와 츠바키의, 마지막 성전의… 시
작…이다!”

힘없는 어조에서 뻔뻔스러운 어조로 아슬아슬하게 변하더니,
히이라기는,

"죠로, 팬지, 사잔카, 후우, 체리! 잔뜩, 잔뜩 민폐 끼쳐서 미
안하도다! 이제부터는 내가… 츠바키에게 이기는 내가 닭꼬치를
만들 것이다! 다시 한번 반드시 츠바키에게 이기겠노라!!”

똑바로 하늘을 향해 손을 쳐들고 그렇게 외쳤다.

나의 노력은 전부 헛수고였다

제 6 장

정오, 체육제의 전반전이 끝나고 점심 휴식 시간이 되었다.

여전히 이기고 있는 팀은 적팀. 상당한 차이를 벌리며 백팀을 앞서고 있다.

그건 지금 우리의 상황과 비슷했다.

"체리, 저 사람! 저 사람에게 말을 걸어 다오!"

"OK! 맡겨 줘! 아, 죄송합니다! 닭꼬치를 팔고 있는데, 괜찮다면 하나 사 주지 않으실래요?"

"어? 닭꼬치? 음···. 꽤 인기도 있는 모양이고··· 알았다, 하나 다오!"

"감사합니다!"

체리가 히이라기의 지시에 따라서, 지나가던 보호자에게 말을 걸어 노점으로 유도했다.

"사잔카! 손님이 늘어났으니까 한 줄이 아니라 두 줄로 해서 테이프에 따라 세워 다오!"

"응! ···죄송합니다! 테이프 위에 두 줄로 서 주실 수 있을까요?"

사잔카가 히이라기의 지시에 따라서, 노점 앞에 늘어선 사람들을 한 줄에서 두 줄로 바꿔 세웠다.

"후우, 다 됐다! 서둘러서 팩에 담아 다오!"

"맡겨 줘. ···하지만 대단한 속도로군. 따라가는 게 고작이다···."

"한 팩씩이 아니라 다섯 팩 정도를 늘어놓고 한꺼번에 담는 게 좋다! 하나씩 하는 것보다 수고가 줄어든다!"

"…그렇군. 이해했다."

후우가 히이라기의 지시에 따라서 척척 닭꼬치를 팩에 담았다.

설마 히이라기가 제대로 덤비면 닭꼬치를 굽는 것 이외에 이런 특기가 있다니….

지금까지 히이라기의 특징이었던 낯가림과 어리광… 이 두 가지가 지금은 훌륭하게 공을 세우고 있다.

히이라기는 낯가림이 있기 때문에 사람을 유심히 지켜본다…. 즉, 닭꼬치를 사 줄 만한 손님을 알아볼 수 있다. 또한 지금까지의 어리광… 남에게 뭐든지 맡겨 온 이 녀석이기에 지시를 내리는 게 묘하게 능하다.

뭐라고 할까, 올해 지역 대회 결승전이 떠오르는군.

그날… 히이라기와 함께 닭꼬치를 팔고 다닐 때, 이 녀석은 '나는 지시를 잘 내리기로 정평이 나 있다'라고 말했는데, 그건 진짜였다.

그렇게 순조롭게 보이는 우리였지만… 실제로는 아직 힘든 상황이 계속되고 있었다.

만드는 사람이 바뀌었다고 해서 손님이 갑자기 불어나는 것은 아니다.

활기를 띤 우리에게 흥미를 보이는 사람이 늘어났지만, 미미

한 정도.

여전히 '씩씩한 닭꼬치 가게'에 오는 사람은 적었다….

지금 시점에서 츠바키네 판매량은 745개. 반대로 우리는 170개.

이미 지금부터 어떻게 이기란 말인가 싶은 상태다.

"팬지, 어떻게 하지? 히이라기는 부활했지만, 판매량에서 차이가 너무 커."

이 녀석이라면 어떻게 해 줄 거라고 생각하지만, 그 방법이 전혀 상상이 가지 않았다.

"게다가 맛은 호각이 되었지만, 역시 저쪽에 있는 야구부원이나 코스모스 회장 일행과 비교하면 우리는…."

"그래. 죠로의 말처럼 이미지라는 점에서 우리 노점은 압도적으로 불리해. 체육제 참가자나 방문객이 학교 관계자인 이상, 교내에서 유명한 야구부원들이나 코스모스 선배 일행이 하는 노점에 흥미를 보이는 것은 당연. 게다가 지금 시점에서의 판매량도 바로 그 차이가 여실하게 드러나는지라 꽤 힘든 상황이야."

담담하게, 무감정하게 사실만을 말하는 모습에 무심코 내 마음이 움츠러들려고 했지만… 꽤나 자신만만한 목소리로군, 팬지는.

"괜찮아. 그 두 가지 문제는 바로 해결할 수 있으니까."

"어떻게 해결할 건데?"

"죠로가 멤버를 모을 때 취한 수단과 비슷해."

내가 멤버를 모을 때? 그건 후우와 체리 이야기인가?

대체 무슨….

"아! 여기인가! 으음, 기다리게 했네! 산쇼쿠인!"

그때 들려온 조금 굵직한 목소리. 그리고 그곳에 나타난 이들은….

"지난번에 한 약속대로 친구를 데리고 닭꼬치를 사러 왔다!"

리허설 때 히이라기에게 말을 걸었던 아저씨들이었다.

그러고 보니 이 사람은 아들과 거래처 따님이 니시키즈타 고등학교에 다닌다고 했는데….

"어?! 아니, 어떻게…."

"그날 또 와 달라고 부탁을 해 놨어."

살짝 윙크를 하며 내게 미소 짓는 팬지.

…그런 건가. 학교 관계자 중에 우리 노점에 흥미를 가져 주는 사람은 적다.

그건 아무리 발버둥 쳐도 바꿀 수 없는 사실이다.

그러니까 팬지는 표적을 변경했다. …학교 관계자 이외로.

"이런 방법, 괜찮은 거야?"

"괜찮아. 선전을 당일에만 해야 한다는 룰, 없었잖아?"

즉, 그 리허설은 연습뿐만 아니라 선전도 겸한 것이었다.

아마도 내가 히이라기에게 간 사이에 이야기를 해 두었던 걸까.

"손님이 니시키즈타 고등학교 관계자일 필요는 없어. 오늘 여기서 노점을 내는 것을 아는 사람이면 누구든 돼."

"…맞는 말이군."

노점이 두 개 나온 시점에서 당연히 손님 쟁탈전이 벌어진다.

하지만 교내 관계자뿐이라면 우리에게 승산은 없다.

그럼 어떻게 해야 할까? …손님을 늘리면 된다.

이렇게 그럴싸하게 말해 보았지만, 역시 힘들지 않나?

와 준 사람들은 그날 히이라기에게 말을 걸었던 여덟 명의 아저씨들뿐.

고맙기는 하지만, 이 숫자로는 도무지 츠바키의 노점에게….

"그럼 전에 폐를 끼쳤던 만큼 **연습 때의 것도 포함해서** 사 주기로 할까! …다 해서 400개! 돈도 듬뿍 준비했다!"

"사! 사백…!"

어, 어떻게 된 거지?! 아니, 400개면 여덟 명이서 먹을 만한 양이 아니잖아!

아아… 너무나도 황당한 숫자에 머리가 **멍하니***….

"오호호호홋! 불렀나요, 키사라기!"

"네? …네에에에에에에?!"

....

※멍하니 : 일본어로 '본야리'.

갑작스럽게 정면에서 울리는 좋은 집 아가씨풍의 목소리. 내 이름을 부르고 있어서 정면을 보자, 그곳에 서 있는 인물은 한 여자. 어디의 부인인가 싶은 롤빵 머리. 꽤나 긴 속눈썹과 그거 몇 캐럿? 이라고 묻고 싶어질 만큼 반짝이는 눈동자.

이, 이 사람은….

"……보, 본야리코 선배!"

니시키즈타 고등학교 3학년. 치어리딩부 부장…. 너무나도 개성적인 이름의 다이센 본야리코 선배다.

참고로 성이 '다이센'이고 이름이 '본야리코'다. 다들 착각하지 마.

오늘도 역시나 치어리더 의상. 체육제니까 역시나 응원단 일을 하고 있지.

게다가 뒤쪽에 꽤 많은 치어리더 애들이 있네. …뭐 하러 왔지?

"농농농! 키사라기, 호칭이 틀렸어요! 경애를 담아서 '거베라'라고 불러 주세요! 오호호호!"

오호호호호! 절대로 애칭으로 안 불러….

"어어… 본야리코 선배는 왜 여기에?"

"뻔하지 않습니까! 우리 집에서 정원사 일을 해 주시는 분이 응원단에게 선물을 준비해 주셨다고 하기에, 그걸 받으러 온 것입니다!"

뭐? 정원사? 설마? 그럼 설마….

"아가씨, 일부러 와 주시다니! 황공할 따름입니다!"

당신의 거래처, 본야리코였냐아아아아아!

"거래처와 따님이라는 말에 딱 이해가 되기에 리허설이 끝나고 부탁했어. 응원단에게 주는 선물로 우리 닭꼬치를 사 줄 수 없겠냐고."

"어, 어어… 그런가…."

보통은 그 말에 딱 이해할 수 없거든.

뭐, 덕분에 단숨에 대량으로 파니까 좋지만…. 응, 좋지만.

"오호호호! 아야노코지 님이 추천한 닭꼬치! 아주 기대되네요!"

어이, 잠깐 기다려. 지금 뭐라고?

정원사 아저씨의 성이, 내가 꽤 잘 아는….

"허억허억… 아가씨! 너무 서두르십니다! 아야노코지 하야토는 따라갈 수 없어요!"

역시 네 아버지였냐아아아, 아야노코지 하야토!

연이어서 충격적인 사실을 터뜨리지 말라고!

"죠로! 일단 포장을 맡아 다오!"

"아니, 나는 아직 해야 할 말이…."

"죠로, 그건 참아 줘."

그야 그렇죠! 본야리코와 야아노코지 하야토에게 한소리 하는 것보다는 상품 준비가 우선도가 높지!

"팬지, 조금 힘들겠지만 회계를 혼자서 해 다오!"

"그래, 맡겨 줘."

"사잔카! 죠로와 후우만으로는 손이 부족하다! 우선 포장을 해 다오!"

"…그, 그래!"

"후우! 그쪽에서 팩에 담은 닭꼬치를 이리로 보내라! 비닐봉지에 담는 건 우리가 할게!"

"음, 맡겨 다오."

나는 서둘러 일어서서 사잔카와 함께 노점 뒤쪽에 있는 책상 앞에 섰다.

거기서 비닐봉지를 전부 꺼내고, 후우에게서 닭꼬치 팩을 받아 포장했다.

팬지는 처음부터 이걸 노렸나…. 그러니까 아무리 안 팔려도 후우와 사잔카에게 계속 닭꼬치를 만들게 하고… 아니, 그런 생각은 나중에!

지금은 일단 서둘러… 서둘러, 서둘러!

"오! 너는 지난번의 그 아이! 미안했어, 여럿이서 말을 걸어서!"

"……!"

나와 사잔카가 포장을 기다리는 동안, 무료했던 걸까.

아야노코지 하야토의 아버지가 히이라기를 발견하고 어딘가 미안하다는 듯한 웃음과 함께 말을 붙였다.

또 같이 있던 아저씨들도 한꺼번에 히이라기에게 향했다.

아니, 이건 안 좋은 거 아냐? 히이라기는….

"어, 어, …어서 오세…요!"

견뎌 냈다! 아니, 뿐만 아니라 인사까지 했어!

다리가 부들부들 떨리고, 옆에서 보자면 걱정되는 낯빛이지만, 본인 나름대로 열심히 미소를 지으며 아저씨들을 향해 '어서 오세요'라고 말했다.

"오오! 씩씩한 목소리로군!"

아저씨들도 기쁜 걸까, 활짝 웃으면서 한층 히이라기를 주목했다.

그래도 히이라기는 도망치지 않는다. 필사적으로 다리에 힘을 주어 버렸다.

"…좋아! 50개 추가 부탁하지! 이쪽은 상점가 사람들이 먹을 몫이야!"

어이어이, 이거, 정말로 이기는 거 아냐?

설마 히이라기의 노력이 이런 식으로 형태를 맺다니….

"고, 맙, 습니…다!"

"모토키, 좋은 목소리다. …어서 오세요."

옆에 선 후우가 멋지게 웃은 뒤에, 히이라기에 이어서 아저씨들에게 인사했다.

"나… 나도, 하연 댄다! 히이라기 언리미티드다!"

236

"음. 알고 있다."

뭐, 엄청 발음이 새긴 하지만, 열심히 했다, 히이라기. 역시 한계를 넘었어.

"오래 기다리셨습니다! 정말로 감사합니다, 이렇게 많이…."

"됐어, 됐어! 애초에 우리가 아니라 모두가 먹을 거니까! 전에도 말했잖아? 문제가 생기면 서로 돕는다! 상점가의 철칙이야! 다른 사람들한테도 많이 말해 뒀으니까, 분명 이따가 올 거야! 기대하고 있어!"

"으음~! 딜리셔스~! 좋은 향기에 낚여서 그만 먼저 먹어 버렸네요! 제가 이런 흉한 짓을 하다니요! 오호호호호!"

"아가씨의 식탐에 이 아야노코지 하야토는 힘듭니다~!"

"이 정도의 맛이라면 친구분들에게도 꼭 추천해야겠네요! 아야노코지 하야토 님도 잘 부탁해요."

"아가씨의 명령이라면 아야노코지 하야토는 물론 따르죠!"

"정말인가요?! 고맙습니다! …아야노코지 하야토도 땡큐!"

"맡겨 줘! 아야노코지 하야토와 죠로는 친구! 그러니까 아야노코지 하야토는 아야노코지 하야토가 할 수 있는 일에 최선을 다하지! 아야노코지 하야토와 죠로는 서로 돕는 거야!"

여전히 이름을 많이 말하는구나, 아야노코지 하야토.

덧붙이자면 올해 지역 대회 결승전에서 너는 지금과 완전히 똑같은 대사를 말한 뒤에 성대하게 배신했는데… 과연 이번에는 믿어도 될까….

아무튼… 아저씨들과 본야리코 선배, 그리고 아야노코지 하야토 일행은 웃으면서 닭꼬치가 담긴 비닐봉지를 들고 떠나갔다. 연습으로 사잔카와 후우가 만들었던 것은 아야노코지 하야토 일행에게 줬는데, 그건 당연한가. 본야리코 선배는 거래처의 따님이고.

그리고 단숨에 450개를 팔아치운 것이 좋은 퍼포먼스도 되었겠지.

방금 전과 비교하면 서서히 흥미를 갖는 사람들이 늘어났다….

"팬지, 고맙다! 그렇게 많이…."

"아냐, 히이라기."

"어?"

"그 사람들은 히이라기의 닭꼬치가 맛있었으니까 와 주었어. 나로서는 할 수 없었어. 그러니까 이건 당신의 힘이야."

그렇다. 그날 리허설… 마지막에 팬지가 사죄하는 형태로 끝났지만, 근본적인 클레임의 원인은 히이라기의 닭꼬치를 먹을 수 없었던 것.

즉, 그런 클레임이 나올 정도로 이 녀석의 닭꼬치는 인기가 있었다는 소리다.

"크! ~~~~~으! ……기, 기뻐~…."

당장이라도 눈물을 흘릴 것 같은 기세를 필사적으로 참는 히이라기.

다행이다, 히이라기. 겨우 자기 노력이 결실을….

"저기… 죠로."

"왜 그래, 사잔카?"

그때 사잔카가 얼굴을 빨갛게 물들이면서 내게 소곤소곤 말했다.

긴장한 건지, 이마에서 땀이 흐르는 게 살짝 에로틱하다.

"체리 씨가 귀엽다고 생각해?"

갑자기 무슨 소리야? 귀엽다고는 생각하지만….

"뭐, 그렇지. 메이드복도 어울리고…."

"그래? 알았어."

어, 왜 그래? 사잔카는 나한테 대체 뭘 확인하고 싶었던 거지?

그렇게 묻고 싶긴 했지만, 서서히 바빠지는 상황에서 그런 대화를 할 여유는 아쉽게도 없어졌다.

※

오후 1시 45분.

"…네, 거스름돈 700엔입니다."

"여기 상품입니다! 감사합니다!

계산대에서는 팬지가 거스름돈을, 내가 상품을 전달했다.

팬지가 발안한, 동전 통을 세 종류 준비해서 '500엔', '1000엔', '기타'로 손님이 낸 돈을 확인 후 거스름돈을 미리 준비하는 전법은 여기서 대활약.

덕분에 꽤나 빠르게 계산을 처리했다.

"대단해! 대단해! 현재까지 '따끈따끈한 튀김꼬치 가게' 950개! '씩씩한 닭꼬치 가게'가 차이를 좁혀서 830개! 조금만 더 하면 따라잡겠어!"

여기까지 단숨에 차이를 좁힐 수 있었던 것은 물론 팬지의 솜씨.

일부러 와 준 일행은 아저씨들이 입소문을 퍼뜨려 준 상점가 사람들만이 아니었다.

그 외에도 이전부터 '씩씩한 닭꼬치 가게'에 흥미를 품었던 이들도 찾아왔다.

최근 오픈했다는 인기 있는 닭꼬치 노점. 흥미는 있지만, 사람이 많으니까 줄을 서고 싶지는 않다.

그런 사람들에게 팬지는 '니시키즈타 고등학교 체육제 때 노점을 내고 판매합니다'라는 전단을 돌렸다. 물론 받은 사람들이 모두 오는 건 아니지만, 그래도 효과는 크다.

집에 가지고 돌아가서 가족들과 먹으려는 목적의 손님이 대거 밀려들었다.

그래서 지금까지는 꽤 순조…로운데….

"체리 씨, 슬슬 나랑 팬지는…."

"아, 그런가! 벌써 그런 시간이네! 바빠서 생각을 못 했어!"

그래. 문제는 여기서부터다.

오후 2시… 나와 팬지가 물건 빌리기 경주에 참가하기 때문에 동시에 노점에서 없어지는 시간.

파리만 날리던 오전과 달리 대성황인 '씩씩한 닭꼬치 가게'.

솔직히 네 명이서 노점을 운영하기도 꽤나 힘든 상황이다.

불가능할 것까지는 아니지만, 회전률이 떨어져서 츠바키네와의 차이가….

"죠로찌, 스미레코찌! 열심히 뛰고 와! 이쪽은 우리한테 맡기고!"

"괜찮습니까? 이렇게 바쁜데 넷이서 노점을 하는 건…."

"우히히히! 실은 넷이 아니지~!"

어? 체리 녀석, 웃으면서 무슨 소리야?

지금부터 나와 팬지가 빠지니까….

"체리 선배, 기다렸지."

응? 어딘가 조용하면서도 잘 들리는 목소리가 들린 것 같은데, 지금 그건….

"츠, 츠키미! 왜 여기에?!"

"도우미."

그곳에 나타난 사람은 내가 이전에 노점 멤버로 끌어들이려다가 실패했던 미소녀.

작은 체격에 기막힌 가슴을 가진, 토쇼부 고등학교 2학년… 츠키미＝쿠사미 루나.

그리고 또 한 명, 츠키미 옆에서 스마트폰을 나에게 보여 주는 건,

「나도 도우미. 열심히 할게.」

좀처럼 자기 목소리로 말하지 않고 스마트폰으로 대화하는 소녀… 리리스＝란초 아카네.

"둘 다 도우미로 와 준 거야?!"

"그래~! 내가 열심히 부탁했어! 그렇지, 츠키미찌, 리리스찌!"

그런 것까지 해 줬나!

체리를 멤버로 끌어들여서 다행이다! 정말이지 이 사람은….

"응, 부탁받았어. ……후우한테."

남의 공을 빼앗는 게 특기인 인간이다.

"와 줘서 고맙다, 츠키미. 그럼 회계를 부탁할 수 있을까?"

"맡겨 줘."

계산대 앞으로 척척 걸어가서 대기하는 츠키미.

응! 후우가 맡기겠다고 하면 분명 괜찮은 거야!

"아니! 츠키미찌! 처음에 부탁한 건 나잖아!"

"체리 선배는 끈질기게 부탁하기에 귀찮아서 도망쳤더니, 쫓

아오다가 넘어져서 도서실 책을 어지럽혔을 뿐. 뒷정리, 힘들었어."

역시나 덤벙쟁이. 장난질로 피해만 냈냐….

"윽! 미안해…. 하지만 나도 도왔고…."

"책 꽂는 장소, 다 틀렸어. 수고가 늘었어."

「츠키미에게 사과하는 겸해서 나도 도우러 왔어.」

아, 그래서 리리스도 왔나.

그럼 일단 체리 덕분이기도 하네. …그런가?

아무튼 나중에 후우에게 고맙다고 말해야겠군.

"여기, 내가 할게. 그리고, …스미레코."

"왜 그래, 쿠사미?"

"전에는… 미안해."

꾸벅 고개 숙여 팬지에게 사죄하는 츠키미. 이전에 나에게도 팬지에게 사과해 달라고 부탁했지만, 역시 본인이 직접 하고 싶었겠지.

"이제 신경 안 쓰니까 괜찮아. 그보다 와 줘서 아주 고마워. 큰 힘이 되었어. 여기는 부탁할게."

"응. 체리 선배보다 일 잘해. 나는 안심."

"나도 제대로 하고 있다고!"

같이 오래 지내다 보면 사람의 여러 일면을 알 수 있지만, 이렇게까지 안타까움이 늘어나는 사람도 드물군. 열심히 살아라,

체리.

※

"위치에 서서~… 준비….".
'탕!'

시작을 알리는 다소 난폭한 폭음이 울리는 동시에 나는 뛰어나갔다.

종목은 물건 빌리기 경주. 일단 책상 위에 놓인 상자 앞까지 가서, 거기서 종이를 하나 뽑고, 거기에 적혀 있는 물건을 찾아와서 골인 지점까지 달리는 종목이다.

좋아! 책상 앞에… 어, 어라?

"여어, 죠로!"

"코스모스 회장, 왜 여기에?"

왠지 책상 건너편에 활짝 웃는 코스모스가 서 있는데, 뭐 하는 거지?

"물건 빌리기 경주는 내용을 확인하기 위해 제비 상자 앞에 학생이 서 있게 되어 있어!"

그렇군. 그래서 학생회가 그 일을 하는 건가. 노점도 있을 텐데 고생이네.

뭐, 됐어. 그럼 얼른 제비를….

'든든한 학생회장'.

"······."

아니, 뭔가 말도 안 되는 종이가 튀어나왔는데, 이건 뭐지?

"그럼 키사라기 공이 어떠한 종이를 뽑으셨는가, 확인하도록 하겠소이다!"

어이, 왜 갑자기 사무라이가 된 거냐. 긴장해서 연극하는 게 뻔히 보인다.

너지? 네가 이 종이를 조작한 거지?

"다시 뽑겠습니다."

"그, 그러하십니까…."

그렇게 풀 죽어도 나는 모른다. 직권 남용도 정도껏 하라고.

어디 그러면 다시….

'든든한 학생회장을 안아 주기'.

파워 업했잖아!

왜 다시 뽑았더니 괜한 옵션이 붙어 나오는데?!

"자, 자! 그럼 키사라기 공이 어떠한 종이를 뽑으셨는지, 확인하도록 하겠소이다! 으으음! 이거 참으로 우연이오! 든든한 학생회장이라면 바로 소생."

"체리 씨에게 가 보겠습니다."

"앗! 그, 그건! 너, 너무해, 죠로!"

시끄러. 왜 남의 체육복을 말도 안 되는 악력으로 붙잡는데.

냐, 옷 늘어나.

"나도 죠로랑 체육제 추억이 필요해! 조, 조금이면 되니까, 되는 데까지 함께… 있고 싶어…! 마지막, 체육제에…."

윽! 뿌리치기 어려운 말을 자각 없이 하잖아….

그래, 3학년인 코스모스에겐 이게 마지막 체육제.

최대한 추억이 필요하다는 마음은 솔직히 조금 이해한다.

게다가 체리를 불러내면 안 그래도 바쁜 노점이… 휴우, 알겠어.

"…코스모스 회장, 같이 뛰어 줄 수 있나요?"

"와! 와아아아! 응! 뛸게! 뛸게, 죠로!"

은근슬쩍 종이를 처음 것으로 바꿔쳤지만, 코스모스는 그래도 만족했을 테지.

내 손을 잡고 같이 뛰어갔다.

"하아… 하아…. 후후후, 재미있어, 죠로!"

"…헉, 헉. 말할 여유가, 별로, 없는데요."

뛰면서 나부끼는 코스모스의 머리카락. 그게 평소에는 보이지 않는 코스모스의 목덜미를 힐끗힐끗 보여 주기에 그쪽으로 무심코 눈이 가는 것을 참느라 힘들었다.

…참고로 내 물건 빌리기 경주 순위는 최하위.

코스모스가 이상한 짓을 하니까 말이지….

"…어라? 팬지 녀석, 어디 갔지?"

물건 빌리기 경주가 끝나고 합류해서 노점으로 돌아갈 예정이었는데, 모습이 전혀 안 보이는데?

대체 어디에… 아, 찾았다. 웬 여자애랑 이야기하고 있는데.

"…그래, 사람을 찾고 있구나."

"네! 아, 저기… 야구부 사람이고, 니시키즈타 고등학교의 에이스인… 오오가 타, 타, 타이…요… 씨를 찾고 있는데…."

팬지의 맞은편에 선 소녀는 긴장이라도 했는지 살짝 말을 더듬거렸다.

가슴까지 오는 생머리, 꽤나 하얀 피부. 성실한 느낌의 동글동글한 눈. 나이는 우리와 별 차이가 없는 듯하지만, 사복을 입은 걸 보면 우리 학교 학생이 아닌가 보다.

"…썬… 말이구나…."

팬지 녀석, 왠지 미묘하게 기운이 없네.

마치 자기를 찾는 게 아니라서 실망한 것처럼 보이는데, 상대방의 태도를 보기론 아는 사람도 아닌 모양인데?

"그 사람이라면 저쪽 노점에서 튀김꼬치를 만들고 있어."

"정말인가요! 감사합니다, 가르쳐 주셔서!"

소녀는 찾는 사람의 위치를 알았는지 환한 눈동자를 하고 팬지에게 고개를 숙였다.

"…그럼 저는 이만! 실례하겠습니다!"

소녀는 당장이라도 썬에게 가고 싶은 건지, 가만히 못 있겠다는 듯이 팬지에게 인사를 하고 서둘러 가 버렸다. 그런 소녀의 모습을 지켜보면서 팬지는,

"그래. ……안녕."

마치 다시는 못 볼 사람처럼 그렇게 말했다.

왜 그러지, 팬지? 그렇게 울 것 같은 얼굴을 하고….

그 뒤로 혼자서 가만히 서 있는 팬지와 합류해 노점으로 돌아왔지만, 그동안 팬지는 한마디도 말을 하지 않았다.

※

"아, 어서 와, 죠로! 지금은 '따끈따끈한 튀김꼬치 가게' 1250개! '씩씩한 닭꼬치 가게' 1130개! 차이는 줄어들지 않았지만, 벌어지지도 않았어!"

돌아온 내게 아이리스가 두 노점의 판매량을 알려 주었다.

하지만 이상하네? 왜 차이가 줄어들지 않지?

지금으로서는 이쪽도 저쪽도 대성황.

그러면 거스름돈을 빨리 줄 수 있는 이쪽의 회전률이 높아서 차이가….

"저쪽은 코스모스 선배가 고안한 방법으로, 번호표를 준비해서 상품의 인도와 계산을 완전히 별개로 했다나 봐! 그래서 회전

률을 올렸어!"

제길! 코스모스의 짓인가! 그 녀석, 물건 빌리기 경주에서 그런 짓을 하는 것만이 아니라 그쪽에서도 확실히 활약했나!

그럼 이쪽도 흉내 내서… 아니, 무리인기.

아무래도 지금부터 번호표를 준비할 시간은 없지.

어쩌지? 어떻게든 기사회생의 한 수를… 어라?

왠지 한 소녀가 잔뜩 볼을 불룩거리며 이쪽으로 오는데….

"전 이쪽 노점을 돕겠습니다! 우훗!"

왜 그래, 탄포포. 그렇게 뾰로통한 얼굴을 하고. 저쪽에서 무슨 일 있었어?

"아니, 탄포포. 너는 츠바키네 노점 소속이잖아? 그러면….

"문제없습니다! 츠바키 님에게서도 '노점에 소속되었다고 해서 다른 노점을 도우면 안 된다는 룰은 없으니까 괜찮달까'라고 허가를 받았습니다! 우훗! 우훗!"

아, 그러냐. 그러면 나로서는 고맙지만, …왜 왔지?

"어이~! 탄포포!"

"음! 이 목소리는…! 으르르르릉!"

조금 떨어진 곳에서 들려온 목소리에 위협하는 탄포포.

말을 걸어온 사람은 야구부의 새 주장, 나와 같은 학년인 아나에였다.

"어이, 그렇게 무서운 얼굴 하지 마~ 아직 아무 말도 안 했잖아?"

아나에는 탄포포를 잘 다루는 건지, 위협당하면서도 어딘가 여유로운 모습이었다.

"전 저쪽 노점으로 안 돌아갈 거니까요! 우훗!"

"알고 있어. 요우키도 그게 낫다고 그랬고. 하지만 탄포포…."

그 순간, 평소에는 장난스러운 이미지였던 아나에의 눈이 갑자기 예리해졌다.

화내는 건 아니겠지. 굳이 말하자면… 슬퍼하는 느낌이다.

"너무 그런 태도 하지 마. 그 애는 아무 잘못도 없으니까."

그 애? 탄포포가 심한 태도를 취하다니, 대체 누구한테?

있을 법하다면 라이벌로 생각하는 코스모스나 히마와리겠는데, 여름 방학 때는 사이좋게 같이 잘 놀았는데….

"그런 건 관계없어요! 저는 싫어요! 왜 다들 그렇게 태연한가요?!"

"뻔하잖아. 그 애를 거절하면 **그 애**가 상처 입으니까."

"…아!"

왠지 묘한 뉘앙스로군. 언뜻 들으면 한 명이 거절당해서 상처 입는다는 말인데, 받아들이기에 따라서는 '그 애'가 두 명인 것처럼 들린다….

"뭐, 지금은 마음의 정리가 덜 된 모양이니까 괜찮아. 너는 특히나 친했으니까. 하지만 다 정리되면… 그래. 다 같이 이탈리아 요리라도 먹으러 가자!"

"…알겠습니다."

아직 어딘가 납득하지 않은 기색이지만, 탄포포는 깊이 반성한 모습으로 아나에에게 대답했다.

"그럼 키사라기! 미안하지만, 탄포포 좀 돌봐 줘! 잘 부탁해!"

"그, 그래! 어이, 아나에…."

"응, 왜 그래?"

"뭐라고 할까, 너… 주장다운 모습이다."

"헤헷! 그야 주장이니까!"

코밑을 손가락으로 쓱쓱 문지르면서 어딘가 겸연쩍게 말하며 아나에는 떠나갔다.

그리고 풀 죽은 기색인 탄포포에게는,

"탄포포, 너는 츠키미와 교대한 후 계산대에서 물품 인도를 맡아라."

후우가 재빨리 말을 붙였다.

"인도…로군요…."

"얼른 해. 손이 부족하다."

말투는 거칠었지만, 몸을 움직여서 싫은 생각을 잊어버리게 하려는 거겠지.

"…알겠습니다. …토쿠쇼 선배… 우흣…."

"…뭐, 저기… 뭐냐… 와 줘서 살았다. …고맙다."

여전히 서툴지만, 조금씩 후우도 변하는군.

…………．

……．

"우후훗! 구입해 주셔서 감사합니다! 특별히 천사 탄포포의 미소도 선물해 드릴게요!"

역시 바보라고 할까, 마음의 정리가 빠르달까… 탄포포의 이런 면은 대단하다.

순식간에 우리 노점에 적응해서 즐겁게 물건 인도를 해내는 게….

"후우, 괜찮아?"

"무슨 말이지, 츠키미?"

"탄포포, 인도니까. 나랑 교대해서, 같이 포장이라도…."

확실히 그렇네. 탄포포는 야구부 매니저로 잡무에도 익숙하니까, 츠키미와 역할을 교대시키지 않고 처음부터 포장을….

"훗…. 녀석과 나란히 포장을 해 봐라. 내 두근장이 찌잉거려서 산산조각 날 것이 눈에 선하다."

잘난 듯이 말하지 마. 내가 아는 인류 중에 두근장이라는 장기도, 찌잉거리는 장기도 없어.

…그런데 사실은 아까부터 조금 마음에 걸리는 점이 있다.

지금 현재 '씩씩한 닭꼬치 가게'에서의 각자의 배치 말인데,

"우우~…. 무섭…지 않, 다!"

일단 조리대에서 필사적으로 공포와 싸우면서 닭꼬치를 굽는 히이라기.

그 옆에서 후우와 츠키미가 팩에 담는 등의 보조를 맡고, 계산대에는 히이라기에게서 '자잘한 일을 잘할 것 같다!'라며 임명받은 리리스, 그리고 후우에게 임명받은 탄포포.

체리는 여전히 호객.

그리고 내가 줄 정리를 겸해 노점 앞에 있는데… 사잔카와 팬지가 없다.

그 두 사람, 어디 갔지?

"죠로! 잠깐만 급히 나랑 같이 가자!"

"우왓! 아이리스, 왜 그래? 너는 노점 매상을…."

"괜찮아! 그쪽은 다른 애에게 맡겼으니까! 그보다 얼른!"

왜 그래? 아무래도 심상치 않게 다급한 기색이….

"알았어. …미안합니다, 체리 씨! 잠깐만 여기를 부탁할게요!"

"응! OK야!"

일단 꽤나 서두르는 모습이라서, 나는 아이리스가 손짓하는 대로 아무도 없는 건물 뒤로 갔다.

그러자, 그곳에는….

"사잔카 기다렸지~!"

"아! 겨, 겨우 왔구나!"

어조는 거만하지만, 행동은 멋지게 반비례.

벽 뒤에서 얼굴만 내밀고 불안한 시선을 보내는 사잔카가 있었다.

"그럼 나는 이만! 나머지는 두 분이서 느긋하게~!"

아니, 느긋하게 있을 시간 없어. 안 그래도 바쁘다고.

최대한 빨리 노점으로 돌아가서 일을 하고 싶다.

그것은 사잔카도 마찬가지일 텐데… 왜 얘는 새빨간 얼굴로 나를 노려보는 거지? 솔직히 무진장 무섭다.

"왜 그래? 바쁘니까 얼른 노점으로… 아니, 그 모습은 뭐야?"

벽에서 나오나 싶더니 온몸을 천으로 감싸서 자기 옷차림을 숨기고 있다.

여기에 터번까지 하면 사막을 여행하는 부족 같겠군.

"아, 알겠어?! 저, 정말로 특별히! 이번뿐이니까! 스, 승부에 이기기 위해서야! 전혀 너를 위한 게 아니니까! 하지만 만일을 위해! 만일을 위해 네가 처음에 확인해! 알겠지?!"

얘는 대체 무슨 소리를 하는 거야?

"잘은 모르겠지만… 알겠어."

"후우…. 그럼…."

내 대답으로 조금 진정을 찾았지만, 귀까지 새빨간 얼굴로 사잔카가 심호흡을 한 번.

그리고 두르고 있던 천을 벗자….

"…어, 어때?"

체리와 마찬가지로 메이드복을 입은 사잔카가 나타났다.

날씬한 몸매, 크다고 할 순 없지만 확실히 존재하는 가슴골, 아름답게 뻗은 각선미. 내게 이상적이라고 할 만한 메이드가 서 있었다.

"이, 이상해? 저기… 네가 체리 씨의 메이드복이 어울린다고 하고, 전에 보고 싶다고 했으니까…."

"일단은 결혼하자. 이야기는 그다음에. …헛!"

"뭐?! 겨, 결혼…?!"

이런! 입이 그만 본능대로 움직여서!

"아, 아냐! 저기, 사잔카가 너무 이상적인 메이드라서 말했을 뿐이지! 그런 생각은 없어! 차, 착각하지 말아 줘!"

이건 평소에 사잔카가 하던 말이잖아!

내가 무슨 소리를 하는 거지!

"…흐응. 그런가~! 후후훗! 그렇게 어울리나~!"

그만둬. 그렇게 얼굴 가득 기쁨을 표현하는, 귀여운 미소로 나를 보지 마.

여러모로 참고 있거든. 진짜 참아 줘.

"윽! 뭐, 저기… 엄청 잘 어울려."

똑바로 쳐다볼 수 없어 얼굴을 돌렸지만, 그런 내 시선을 읽은 것처럼 밑에서 엿보는 사잔카. 또 보란 듯이 눈썹을 찌푸리더니….

"주인님~ 제대로 봐 주지 않으면 슬퍼요~!"

"윽! 그, 그만해!"

"꺄아! 크게 소리치면 무서워~!"

보란 듯이 두 손을 주먹 쥐고 입가로 가져가서 겁먹은 시늉을 하는 사잔카.

아는지 모르겠는데, 동시에 그러니 팔이 가슴을 압박하게 되고, 그게 또 한층 내 심장 고동을 크게 만들었다.

"농담이야! 칭찬해 줘서 고마워! 죠로!"

약삭빠르다! 하지만 분해! 두근거리잖아!

"그, 그래. 아니, 왜 갑자기 그런 옷을…."

"물론! 팬지가 생각한 마지막 작전을 위해서야!"

"어? 팬지가 생각한 마지막 작전?"

"그래, 죠로."

뒤에서 들려온 밝은 목소리. 그 목소리가 내게 예감을 주었다.

혹시나 싶어서 지금 당장 돌아보고 싶은 나와 돌아보고 싶지 않은 내가 갈등했다.

하지만 최종적으로 이긴 쪽은 전자. 나는 내 마음에 따라 돌아보자,

"기다렸지. 이게 츠바키에게 이기는 마지막 작전이야."

"너, 너…! 그 옷은…!"

"그때 꽤 화제가 되었잖아? 그러니까 한 번 더 입어 봤어."

서 있는 사람은 진짜 모습이 된 팬지…인데, 옷차림은 방금 전까지의 체육복이 아니었다. 입고 있는 옷은 드레스.

올해 1학기… 화무전의 마지막에 등장해 우리 학교에서 '환상의 미녀'라는 소리를 들었고 일종의 전설이 된… 그때 모습의 팬지가 있었다.

"…우오."

정말로… 무심코 그렇게 신음할 정도로 아름답다….

미술품 같은 것에 별로 흥미는 없지만, 예술이란 이런 존재를 말하는 거라고 본능적으로 이해하게 된다. …아니, 그렇게 넋 놓고 있을 상황이야!

"너는 무슨 짓이야! 그 모습은 학교의 모두에게 비밀로…."

"나도 칭찬을 듣고 싶어."

이 녀석은…! 내가 걱정하는데 그렇게 툴툴거리다니 무슨 짓이야.

뾰로통해진 얼굴도 귀여우니까 성가시다.

"윽! 예, 예뻐…."

"후훗. 고마워, 죠로. 아주 기뻐."

그저 미소를 보여 준 것뿐이었는데도 내가 엄청나게 득을 본 것처럼 여겨진다.

정말로 팬지의 진짜 모습만큼은 몇 번을 봐도 익숙해지질 않아….

"아니, 논점을 흐리지 마! 왜 그 모습으로 나온 거야!"

이 녀석은 중학생 때 자신의 겉모습 때문에 안 좋은 추억을 얻었다.

조용히 지낼 수도 없고, 주위에서 얄팍한 감정을 계속 던져 대는 바람에….

"이번에는 무슨 짓을 해서라도 이겨야만 하니까. 나도 사잔카도 모든 출장 종목이 끝났어. 그리고 일손이 충원된 지금이라면 옷을 갈아입을 시간 정도는 확보할 수 있어."

처음부터 팬지가 승리에 집착했던 것은 알지만, 설마 이 정도라니.

진짜로 모든 카드를 다 꺼내 전력으로 덤비는 건가….

"그렇다고 해도 말이지! 혹시 네 정체를 들키면…."

"괜찮아. 지켜 줄 사람이 분명히 있잖아?"

"큭! 네 신용은 너무 무거워."

"즉, 신용을 받아 줄 생각은 있구나."

…시끄러.

"애초에 그 모습으로 어떻게 이길 생각이야? 둘이 노점 앞에서 호객이라도 하게?"

충분히 효과는 있겠지만, 아무리 팬지와 사잔카가 애쓰더라도 역시 코스모스랑 히마와리 일행이… 그리고 야구부 멤버들이 상

대라면 아무래도 힘들다.

어느 정도 차이를 좁힐 수 있겠지만, 역전까지는….

"아냐, 죠로."

"그럼 어쩔 건데?"

"내 작전은 두 가지. 하나는 학교에 오는 손님을 늘리는 것. 그리고 또 하나는…."

동시에 팬지는 종이 박스로 만든 프린터 정도 크기의 상자를 보여 주었다.

하지만 윗부분은 텅 비어 있는데 이건….

"노점을 늘리는 거야."

…그런 건가. 아무리 다른 곳에서 손님을 불러 와도 역시 이쪽은 집객력이 부족하다.

그럼 어떻게 차이를 좁힐까?

그 대답은 나와 히이라기의 올해 지역 대회 결승전에 있었다.

…이동 판매. 간단하지만, 확실히 효과 있는 수단이다.

게다가 파는 사람이 이런 여자애들이라면 남자라면 안 사고 배길 수 없겠지….

"그럼 노점은 죠로에게 맡기고, 우리는 갈까, 사잔카."

"웅! 그러자, 팬지!"

화기애애하게 나란히 걸어가는 팬지와 사잔카.

그렇게 나가나 싶더니 둘이서 나란히 내 앞에 서서,

"같이 이기자, 죠로."

"난 지는 게 싫어! 그러니까 끝까지 전력을 다할 거야!"

자칫하면 그 자리에서 쓰러질 뻔했다.

아니, 진짜로… 적당히 좀 해 줘….

정신을 차려 보니 체육제도 슬슬 고비에 접어들어서 오후 3시 30분.

남은 종목은 체육제의 하이라이트… 기마전과 반 대항 릴레이 뿐.

처음에는 압승하던 적팀도 서서히 백팀에게 따라잡혀서 지금은 거의 동점.

지금 우리의 상황과 비슷했다.

"미안! 이제 다 떨어졌으니까 새 닭꼬치 줘! 후우!"

"음. 이미 준비는 다 됐다. 이걸 가져가라, 사잔카."

팬지와 사잔카가 팔러 나간 지 15분. 그 효과는 곧바로 드러났다.

서둘러 돌아온 사잔카에게 후우가 미리 준비했던 닭꼬치 30팩을 건넸다.

금방 다 팔리잖아….

"죠로! '따끈따끈한 튀김꼬치 가게' 1350개! '씩씩한 닭꼬치 가게' 1260개! 이동 판매로 차이가 좁혀졌어! 하지만 저쪽도 저쪽대로 아까보다 손님이 늘어난 것 같아! 특히나 가족 단위 손님이!"

"가족 단위?! 아니, 어떻게 그런…."

"노점 일부를 개방해서 '튀김꼬치 체험'이라는 걸 하는가 봐! 미리 기재를 많이 준비해서, 츠바키의 출장 종목이 다 끝난 타이밍에 시작했어! 히마와리와 썬이 가르쳐 주는 것 같아!"

제길! 마지막에 츠바키가 승부를 걸어왔군!

히마와리와 썬… 우리 학년 중에서 특히 인기가 있고 아이들과의 커뮤니케이션에 능한 두 사람이라면 아이만이 아니라 그 부모에게도 잘 먹힌다.

그것도 노려서 그 두 사람에게 튀김꼬치 조리법을 전수한 건가!

안 그래도 굉장한 집객력을 한층 키우다니… 저쪽도 진심인가.

"제길! 그렇게 나온단 말이지…."

"괜찮다, 죠로! 츠바키는 츠바키! 히이라기는 히이라기! 나는 내 방법으로 츠바키에게 이기겠다!"

"아… 응! 그래!"

설마 히이라기에게 격려받을 줄이야.

…그래. 네가 이렇게까지 애쓰고 있어.

우리는 우리가 할 수 있는 방법으로 이대로 단숨에 역전해야지!

※

　오후 4시 30분.

　체육제는 끝을 알리고, 오렌지색으로 물든 교정에 전교생이 늘어서서, 단상에 선 한 학생… 아나에를 주목했다.

　"여러분, 수고하셨습니다! 우승은… 우리 백팀이 가져갔습니다만, 적팀 여러분도 대단히 강했고, 서로 이날을 위해 연습을 거듭한 성과를 발휘했다고 생각합니다! 응원 와 주신 여러분, 감사합니다! 이것으로 폐회 인사를 마치겠습니다! 아나에 유우마! …니힛!"

　동시에 터져나오는 박수.

　체육제는 끝났다. 그리고… 이긴 팀은 우리 적팀이 아니라 백팀.

　마지막 경기, 동점으로 따라붙은 상태에서 벌어진 학급 대항 릴레이.

　거기서 백팀의 한 반이 1위를 차지하면서 역전했다.

　처음이 아무리 열세라도 포기하지 않으면 의외로 어떻게든 되는 법이다.

　흔히 듣는 말이지만, 이렇게 현실에서 일어나면 더 실감하게 된다.

그리고 폐회식이 끝난 뒤, 교실로 돌아가는 학생들을 보면서 나나 일부 멤버는 교실이 아니라 실행위원 텐트 옆… 노점으로 돌아갔다.

"…츠바키."

"…히이라기."

노점 정면에서 똑바로 서로를 바라보는 츠바키와 히이라기.

그래, 체육제가 끝났다는 말은 츠바키와 히이라기의 성전도 끝났다는 뜻.

최종적인 판매량은 '따끈따끈한 튀김꼬치 가게'가 1770개.

그리고 '씩씩한 닭꼬치 가게'는…… 1785개. 즉….

"…나의 패배일까."

"이, 이, 이겼어어어어!! 츠바키에게, 츠바키에게 이겼어어어어어!! 으아아아앙!!"

두 눈에서 굵은 눈물을 흘리면서 외치는 히이라기. 어딘가 체념한 기색으로 말하는 츠바키.

그래. 히이라기가 츠바키에게 이겼다.

마지막까지 어떻게 굴러갈지 알 수 없는 데드 히트(dead heat)*였다.

일반적인 노점 운영에 추가로 팬지와 사잔카가 돌아다니면서

※데드 히트(dead heat) : 경마 따위에서, 둘 이상이 같은 시간에 결승점에 닿아 우열을 가릴 수 없는 일.

팔았던 우리들.

튀김꼬치 체험 코너를 만들어서 집객력을 높인 츠바키 쪽.

역시 귀여운 메이드…. 그리고 화무전 미녀라는 효과도 있어서 이쪽의 매상이 호조이긴 했시만, 마지막… 다섯 개 차이까지 따라붙은 타이밍에 서로의 노점에 이변이 일어났다. 어느 노점이든 손님의 발길이 뚝 끊어진 것이다.

이유는 지극히 간단. 달아오를 대로 달아오른 체육제의 결말을 지켜보려고 견학자들이 모두 노점이 아니라 체육제에 흥미를 보였기 때문이다

하지만 그런 상황에서 단 한 명 있었다. 체육제보다도 츠바키와 히이라기의 승부에 흥미를 보이고, 히이라기가 이기기를 바라는 사람이.

그 사람이 체육제 종반에 숨을 헐떡이며 '씩씩한 닭꼬치 가게'에 나타나서, 닭꼬치를 스무 개 샀다. 그것이 그대로 판매량의 차이가 되고 우리는 이겼다.

그럼 그게 누구냐 하는 건데.

"설마 카네모토 씨가 히이라기 편을 들 줄은 몰랐달까."

그렇다. 츠바키의 가게에서 오랫동안 일했고, 두 사람의 관계를 잘 아는 남자… 카네모토 씨였다.

"뭐, 나한테 협력해 주겠다고 그랬으니까. …그리고 그 카네모토 씨의 전언인데, '나는 두 사람의 편이야! 또 친하게 지내!'라

고."

"하아…. 정말이지 카네모토 씨는…."

한숨을 내쉬면서도 어딘가 기쁜 듯이 미소 짓는 츠바키.

그런 얼굴로 히이라기를 바라보더니,

"성전에 패한 자는 승자의 어떤 명령에도 따른다…. 내가 졌으니 네 명령을 뭐든지 듣는달까. …히이라기."

"히익! 저, 저기…."

츠바키가 정면에서 말해서 긴장했는지, 히이라기가 불안한 눈으로 나를 가만히 바라보았다. 그래서 나는 조용히 고개를 끄덕여 히이라기에게 '괜찮아'라는 의사를 전했다.

"……! 저, 저기… 츠바키…."

드디어 그때가 온 것에 긴장한 걸까, 히이라기는 어딘가 가만히 있지 못하는 기색으로 츠바키의 표정을 힐끔힐끔 확인했다.

"저, 저기… 나… 아직 안 돼…. 많이, 많이 폐를 끼칠 거야. 하지만… 하지만…."

거만해하는 어조가 아니라 본래의 솔직한 어조로 히이라기가 말했다.

꽤나 긴장했겠지. 아까부터 손을 꾹 움켜쥐고 떠는 게 보였다.

하지만 그래도 말하겠다고 결의한 강한 눈동자로 똑바로 츠바키를 바라보며,

"나와 또 친구가 되어 줘!!"

분명히 그렇게 말했다.

"음, 알겠어. …나와 히이라기는 또 친구야."

지금까지 히이라기에게 향하던 엄한 시선이 아니라 원래의 다정한 미소를 지은 츠바키가 그렇게 말했다. 거스를 수 없다고 해도 마치 거스를 생각이 없었던 것 같은, 오히려 환영하는 미소였다.

"해, 해냈어어어어어! 츠바키! 츠바키이이이!!"

"우와. …히, 히이라기… 답답하달까…."

감개무량해진 히이라기가 츠바키에게 힘껏 안겼다.

잘되었구나, 히이라기. 겨우… 진짜로 겨우 바람이 이루어졌어….

"츠바키와 나는 또 친구야! 아주, 아주 친해!"

"…열심히 했어, 히이라기. 네가 크게 성장해서 놀랐달까."

"아, 아냐!"

붕붕 고개를 내젓는 히이라기. 아니, 충분히 애썼어.

끝까지 도망치지 않고 닭꼬치를 구웠고….

"내가 아냐! 모두! 모두가 나를 도와줬으니까, 츠바키에게 이길 수 있었어! 정말로 고마워! 죠로, 팬지, 사잔카, 체리, 후우, 츠키미, 리리스…."

곁에 선 우리를 둘러보며 감사의 말을 하는 히이라기.

그런데 일단 처음에는 적이었지만 최종적으로는 우리를 도와 준 녀석도 있는데….

"그리고 이상한 바보도 고마워!"

아, 잊지 않았네. 이름까지는 기억하지 못한 모양이지만.

"우후웃! 모토키 선배는 건망증도 심해라~! 저를 잊어버리고 키사라기 선배를 두 번 말했네요! 우훗!"

역시나 대단하군, 이상한 바보.

"아! 그리고…."

뭔가 떠올린 것처럼 츠바키에게서 떨어진 히이라기는 한 소녀 앞으로 이동했다.

"응? 왜 그래, 히이라기?"

갑자기 히이라기가 눈앞으로 오는 바람에 고개를 갸웃거린 사람은 내 소꿉친구인 히마와리.

히이라기 녀석, 히마와리에게 할 말이 있나?

"저기… 전에는 갑자기 도망쳐서… 미안해…."

그러고 보니 그랬지. 전학 온 다음 날, 같이 학교 가자고 말한 히마와리에게서 히이라기는 큰 소리를 지르며 도망쳤다. 그 사실을 제대로 반성하는 거로군.

"아니! 괜찮아! 나, 화 안 났어!"

"고마워! 어어, 앞으로 잘 부탁해! 난 히이라기야!"

"응! 잘 부탁해, 히이라기!"

"하아아아아! 잘됐다~!!"

자기가 생각한, 해야 할 일이 다 끝난 거겠지. 히이라기는 만족한 듯 숨을 내뱉더니 평소처럼 무릎을 껴안는 포즈로 그 자리에 주저앉았다.

"히이라기, 아직 뒷정리가 안 끝났달까."

부드럽게 말을 거는 츠바키.

사실은 츠바키도 계속 히이라기와 친구로 돌아가고 싶었겠지.

이렇게 기쁜 목소리는 처음 들어. 정말 다행이야, 츠바키, 히이라…….

"괜찮아! 이제 츠바키가 다 받아 줄 거니까. 어떻게든 해 줄 거야!"

…저기, 히이라기 씨? 너는 왜 그렇게 정확하게 분위기를 못 읽는 거야?

지금까지의 성장은 대체….

"무, 무슨, 소리, 일까?"

아, 츠바키의 관자놀이가 꿈틀거린다. 저거 화난 거 아냐?

"난 오늘까지 잔뜩 잔뜩 노력했어! 평생의 노력을 다 했어! 그러니까 이제부터는 츠바키에게 빌붙어서 여생을 보낼 거야!"

벌꿀에 설탕을 끼얹어서 질척해진 것만큼 자기한테 무르구나, 어이!

무슨 인생의 터닝 포인트라도 돌았냐, 너는!

"하아아아~! 정말로 이 학교에 전학 오길 잘했어! 친구가 잔뜩, 잔뜩 생기고, 츠바키랑 친구로 돌아갔으니, 앞으로의 인생은 낙승이야!

히이라기, 눈치 좀 채라.

네 인생이 이지 모드(easy mode)에서 인페르노 모드(inferno mode)로 가려고 하고 있어.

"히이라기 엑스터시 다이내믹 퓨처(ecstasy dynamic future) 야~!"

과연, 히이라기 EDF*인가…. 지킬 가치가 전혀 보이지 않아.

아니, 그렇게 물러터진 말을 하면….

"나, 네 친구를 그만둘까."

역시 그렇게 되나….

"우에에엥! 어, 어째서?! 난 성전에 이겼어! 승자의 말에 패자는 절대 복종이야! 그러니까 츠바키는 내 친구야!"

"응. 그러니까 친구가 된 뒤에 친구를 그만둘까."

"너무해! 비겁해! 히이라기 인크레더블(incredible)이야!"

괜찮아. 너를 훨씬 믿을 수 없어.

"그럼 나는 갈게. …잘 있어, 히이라기."

"기, 기다려! 나를 두고 가… 꺄악! 아파~….."

츠바키를 쫓아가려다가 넘어지는 히이라기.

※EDF : 게임 〈지구방위군 (Earth Defence Force)〉 시리즈의 약칭이자, 게임에 나오는 군부대의 약칭.

얼굴부터 제대로 부딪쳤지만, 의외로 괜찮은 건지 콧등이 빨개지는 정도로 끝났다.

"우에에엥! 어째서야? 난 모든 면에서 완벽했어! 흑. 흑⋯."

그래, 모든 면에서 완벽하게 실패했어.

"히이라기, 너⋯ 마지막 순간에⋯."

"자업자득이야⋯ 히이라기찌."

"스스로에게 어디까지 관대해질 수 있는가. ⋯보고 배울 점도 있군."

"이상한 애."

「해 봐라, 가 아냐. 할 것인가, 말 것인가. ⋯좋은 마음가짐.」

사잔카, 그리고 토쇼부에서 도와주러 온 이들의 뭐라 할 수 없는 코멘트를 듣고 있으니, 나도 히이라기에게 뭐라고 해 주고 싶어지는데,

"아, 다들 미안. 나는 용건이 있으니까⋯ 저기, 히이라기 좀 부탁해."

그 전에 아직 할 일이 남아 있지.

"묻겠는데 어디에 가려는 걸까?"

"츠바키에게 이기게 해 달라고 누구보다도 먼저 내게 부탁한 사람에게 잠깐."

"그래⋯. 알았어."

그럼 팬지도 납득했으니 얼른 가 볼까.

※

　노점을 떠난 내가 향한 곳은 체육관 뒤.

　왜냐면 그곳에서 한 사람과 만나기로 했기 때문이다.

　조금 서둘러 가자, 그 사람은 이미 도착해 있었던 듯 체육관 뒤의 '나리츠키' 나무 옆에 서 있다가 내가 온 것을 보자 손을 흔들어 주었다.

　그럼 그게 누구냐 하는 건데….

　"기다렸지. ……츠바키."

　뭐, 이 녀석 이외에 있을 리가 없지.

　"죠로, 여러모로 고마워."

　생긋 웃으면서 나에게 감사의 말을 하는 츠바키. 뭐, 그도 그렇지.

　애초에 나는 처음부터…… 츠바키의 부탁을 받아서 히이라기에게 붙었으니까.

　"잘 이해해 줘서 고마웠달까. 알기 어려운 표현이라 미안해."

　"그런 식의 표현에는 익숙하니까 괜찮아."

　츠바키가 나에게 히이라기 팀에 붙어 달라고 의뢰한 것은 첫날 도서실.

　두 사람이 성전의 내용을 정하기 위해 이야기하던 때였다.

그때 츠바키는 이렇게 말했다.

'응. 물론 마지막에 어울리는 최고의 무대에서, 최고의 성전을 벌일 예정이랄까. 보통 성전이면 내가 이길 테니까. **네가 이길 수 있는 최소한의 조건을 갖춘 것**으로 할 예정일까.'

여기서 '히이라기가 이길 수 있는 최소한의 조건'. 그것이 나… 키사라기 아마츠유의 참가다.

그 직전의 성전에서 히이라기는 '죠로만 있으면 츠바키에게 이길 수 있다'고 말했으니까. 그 요구를 들어주는 형태로 내가 츠바키의 부탁을 받아 히이라기 쪽에 붙은 것이다.

모든 것은… 히이라기의 낯가림을 고치기 위해서…. 그리고 지금까지 계속 신세 졌던 츠바키에 대한 내 나름대로의 보은을 위해서.

"역시 죠로는 대단하달까. 내가 계속 고치려고 해도 못 고쳤던, 히이라기의 낯가림을 고쳤으니까. 네게 부탁하길 잘했다고나 할까."

"아니, 그걸 고쳤다고 말하는 건 좀 어렵겠는데…."

"그렇지 않달까. 난 히이라기에게 친구가 저렇게 많이 생긴 걸 처음 봤어. 고마워, 죠로. 역시 너는 모두를 모으는 것에 능숙한, 하나의 꼬치 같은 사람이야. 모두 네 덕분이랄까."

"모두는 아니지. 다른 사람들이 있었기에 가능했어."

히이라기 자신이 노력했다는 게 가장 크고, 나 이외의 사람들도 히이라기를 도와주었기에 녀석의 낯가림을 조금은 개선할 수 있었다.

애초에 나도 나대로 리허설 때 큰 실수를 저질렀고.

"아니, 츠바키. 정말로 히이라기를 박살 낼 기세로 싸운 거 맞아? 나는 분명히 조금 살살 하지 않을까 싶었는데…."

"그런 짓을 할 리가 없잖아. 히이라기는 자기에게 잘해 주는 분위기에 민감하니까, 조금이라도 살살 했으면 바로 알아차렸달까."

그러니까 일체 봐주지 않았다는 소린가.

"…그리고 이기고 싶다는 마음이 있었던 것도 사실이고."

그 말을 듣고 나는 묘하게 이해가 되었다.

뭐라고 할까, 이번에 츠바키는 마치 두 사람이 있는 것 같았지.

압도적인 적으로서 히이라기의 앞을 가로막는 츠바키와 언동은 신랄하지만 히이라기를 생각하고 행동하는 츠바키. 그것은… 양쪽 다 진짜였다.

"저기, 츠바키. 묻고 싶은 게 있는데, 중학교 때 히이라기에게 '이젠 친구가 아냐'라고 말한 건 본심이었어? 아니면 그때부터 녀석의 낯가림을 고치려고…."

"아냐. 진심으로 그렇게 말했달까. 다만… 한심하지만… 화풀이였달까."

"화…풀이?"

츠바키가? 똑 부러진 이의 화신이 그런 짓을 하다니….

"응. 나는 말이지, 어렸을 적에 자주 들었어. '히이라기가 할 수 있으니까 니도 열심히 하렴'이라고. …그래서 말야, 나는 야단맞거나 미움 사는 게 싫었으니까 아주 노력했어. 히이라기가 할 수 있는 일은 뭐든지 나도 할 수 있게 되어야 한다면서."

"…어?"

어딘가 달관한 츠바키의 웃음. 그리고 그 발언이 내 안에서 확신을 낳았다.

이러니저러니 해도 츠바키와 히이라기는 서로 닮은꼴이었다.

두 사람 다 미움 사는 걸 두려워하는 여자애. 다만 그때의 대처 방법이 다를 뿐이다.

미움 사지 않기 위해 츠바키는 '똑 부러진 사람'이 되고, 히이라기는 '겁쟁이'가 되었다.

"나는 히이라기가 할 수 있는 일을 뭐든지 할 수 있도록 노력했는데, 히이라기는 내가 특별하다면서 도중에 포기하고 하지 않게 되었어. 그게 불공평하게 느껴져서 말해 버린 거야. 사실은 바로 사과하고 화해하려고 했어. 하지만 히이라기를 보니…."

"낯가림을 고치고 싶어졌나?"

"응, 바로 그런 거랄까. …조금 거리를 두고 알았어. 나는 나, 히이라기는 히이라기. 그러니까 서로 같은 일을 할 수 없어도 돼. 나도 히이라기보다 나은 점이 있지만, 히이라기에게도 나보다 나은 점이 있어. …그게 라이벌이잖아?"

"…그럴지도."

그러니까 츠바키는 히이라기에게 자신감을 심어 주기 위해서 몇 번이나 성전을 거듭한 것일까. 소중한 친구인 히이라기가 강해지면 좋겠다는 마음에… 납득했어.

"그래. …알았어, 많이 가르쳐 줘서 고마워."

"아니, 감사의 말을 할 것은 내 쪽이랄까. 그러니까 죠로에게 빚 하나. 혹시 문제가 생기면 언제든지 말해."

"딱히 그런 거 필요 없어."

"정말로?"

"그래. 지금까지 츠바키에게 신세를 졌으니까, 그 답례를 했을 뿐이야."

"그래, 그럼 필요 없는 걸로 해 둘까."

그런 거지. 그런 거 할 필요 없어.

왜냐면……………… 드디어! 하렘이 완성되니까아아아아아!!

기다렸다고, 이 순간을! 성실하게 구는 건 이걸로 끝이다!

자, 젠틀맨 & 젠틀맨! 여러분, 물론 기억하고 있죠?

히이라기가 츠바키에게 이긴다! 그것은 다시 말해 성전의 특전이 발동한다!!

나는 코스모스, 히마와리, 아스나로, 츠바키에게 뭐든지 명령할 수 있는 거지! 무슨 명령을 할까~ …아니, 물론 답은 정해져 있어!

그래! 그건 바로! 화아아아아뤠에에엠!

아니, 잘못 말했군. 하렘이야, 하렘. 이런, 이런, 너무 꼬았잖아.

아니, 도중부터 시리어스 모드로 돌입한 게 먹혔어!

평소라면 콧대가 높아져서 실수를 하는데, 오늘은 조심스럽게 있었던 덕분에 이렇게 됐지! 무사히 왕도적 청춘 쥬브나일 편에 돌입이다!

"그럼 츠바키. 슬슬 내 쪽에서도 성전의 특전을…."

"아, 그러고 보니 죠로. 너희 노점에 탄포포가 도우미로 갔지?"

응? 명령을 하려고 했더니 다른 이야기로 샜는데?

"어, 그래. 그건 고마웠어. 솔직히 사람이 부족했으니까."

"응, 별말씀을. 그런데 탄포포에게 '노점에 소속되었다고 해서 다른 노점을 도우면 안 된다는 룰은 없으니까 괜찮달까'라고 말했는데, 들었어?"

"그래. 들었어. 나도 그런 룰은 없으니까 문제없다고 생각해."

"참고로 말이지, 그 경우 성전의 특전은 어떻게 될까? 히이라기 팀을 도운 탄포포에게도 명령권이 있을까? …이를테면 내 팀의 썬에게라든가."

탄포포가 썬에게 명령?! 그런 건 하늘이 용서해도 내가 용서치 않는다!

썬에게 폐가 가는 짓은 어떻게든 피해야 해!

"아니, 도왔다고 해도 적은 적이잖아. …즉, 상대 팀에게 소속되었던 자가 적을 도왔더라도 그 녀석에게 성전의 특전은 없어."

"그 말을 듣고 만족했달까."

휴우…. 츠바키 덕분에 썬이 미증유의 위기에서 빠져나왔군.

역시 이 녀석은 든든해. …자, 그건 그렇고! 이번에야말로 명령을….

"있잖아, 죠로."

"응, 뭔데?"

슬슬 그만 좀 붙잡을래? 슬슬 명령 좀 하자.

"일단 이 종이를 봐 줄 수 있을까?"

이거야 원, 어쩔 수 없지. 나는 얼른 츠바키를 알몸으로 만들고 싶은데, 아직 창피한 건지 내게 두 장의 종이를 내밀었다.

뭐, 좋아. 나는 다정하고 마음 넓고 성실한 하렘 왕이다. 특별히 봐 주도록 할까!

"…어라? 이건 코스모스 회장이 처음에 줬던 모의 점포의…."

"응. 신청 용지랄까."

훗. 떠오르는군…. 처음에 바보가 츠바키의 손바닥 위에서 놀아나 제일 위가 접혀서 점포명이 보이지 않는 상태임을 모른 채로 열심히 야구부 멤버들의 이름을 츠바키네 노점 용지에 적은 것을. 뭐, 지금에 와선 웃기는 이야기지!

그리고 보니 '씩씩한 닭꼬치 가게'의 신청 용지를 제대로 보는 건 이게 처음인가.

나는 멤버 권유에 바빠서 그쪽은 다 남에게 맡겼고.

헤에~ 일부러 나중에 온 츠키미와 리리스의 이름까지 적어… 어라?

어라라라라라라? 어라? 이상하네? **한 명 부족한데?**

나는 지금 '씩씩한 닭꼬치 가게'의 신청 용지를 보고 있는데, 멤버 항목에 이름이 기입되지 않은 사람이 한 명 있다. 그것도 제일 중요한 멤버가.

그리고 두 번째 신청 용지를 확인하자….

"따, 따, '따끈따끈한 튀김꼬치 가게'… 키사라기 죠로라고오오오오?!"

이게 다 뭐야아아아아아!! 왜! 내가! 츠바키네 노점 소속이 되어 있지?!

처음부터 끝까지 나는 계속 히이라기의 노점을 도왔는데!

"뭐?! 뭐야? 그럼 나는 이긴 줄 알았는데 진 거였어?!"

"그런 게 되는 걸까."

대체 누가 이런 짓을 했지?!

애초에 히이라기의 노점 신청 용지라면 '씩씩한 닭꼬치 가게'의 사무실에서 분명히….

'…아, 그렇지. 팬지. 신청 용지 말인데, 일단 체리 씨와 후우의 이름도 적어 놔 줘. 이름을 안 쓴 멤버는 참가 불가라고 하면 문제니까.'

'그래, 알았어. 분명히 멤버 전원의 이름을 써서 내가 책임지고 코스모스 선배에게 제출할 테니까 안심해 줘.'

그 녀석이다아아아아아!! 어쩐지 의미 있는 말이라고 생각했더니, 그런 거냐!

왜 책임을 지고 나를 함정에 빠뜨리는 거냐! 하나도 안심할 수 없잖아!

"하아… 팬지가 팔 걷어붙이고 나서면 그렇게 대단할 줄은 몰랐달까. 다음에는 지지 않도록 해야지."

어쩐지 이번의 팬지는 이상했어!

평소와 비교해서 엄청나게 의욕적이었잖아!

처음부터 나에게 뭐든지 하나 명령할 수 있는 권리를 위해서 전력을 다했던 거냐!

그야 진짜 모습을 드러내고 '무슨 짓을 해서라도 이기고 싶다'라는 멋진 대사도 할 만하지! 모든 게 다 이해되었어!

"그리고 코스모스 선배와 히마와리와 아스나로도 노점에서

전력으로 뛰어 주었지만, 죠로의 의욕이 없어지지 않도록 일부러 성전의 특전에 대한 정보를 흘렸어. 정말이지 적인지 아군인지… 알 수 없었달까."

틀림없이 적이야! 주로 나의!

코스모스의 꽤나 으스스한 제안, 처음부터 다 계획적이었던 거냐!

아니! 한탄은 나중에! 그보다도 있는 힘을 다해 내 몸을 지켜야….

"츠, 츠바키! 나는 처음부터 히이라기의 노점을 거들었고, 소속 팀은…."

"아까 '상대 팀에 소속된 녀석이 적을 도와도 그 녀석에게 성전의 특전은 없다'라고 죠로가 말했달까."

"그, 그럼, 아까 생긴 빚 대신 나를 도와…."

"아까 필요 없다고 죠로가 자기 입으로 말했달까, 후후후."

너도 한통속이냐아아아아아!!

어? 다시 말해 나의 이번 노력은 전부 헛수고였다는 소리?!

뒤에서 스스로의 수고를 칭찬했더니만, 그 뒤에서 또 스탠바이하고 있었다는 소리야?!

"그럼 나는 이만 돌아갈 테니까, 죠로도 얼른 노점으로 돌아가."

"아! 츠바키, 잠깐… 빠르잖아! 도망치지 말라고!"

어느 틈에 잽싸게 모습을 감추고!

제길! 이렇게 되었으면 나도 도망을….

"죠로, 너무 늦기에 데리러 왔어."

마치 타이밍을 잰 것처럼 나타난 여자. 꽤나 톤이 높은 목소리.

누가 나타났는지는 말할 것도 없다. 나를 속인 여자… 팬지다.

어느 틈에 착실히 옷도 갈아입고, 양 갈래 머리에 안경 모드로 돌아왔다.

"너, 너 말이지… 처음부터, 그럴 셈으로…."

"하아…. 죠로한테 야한 명령을 받아 보고 싶었는데, 이겨 버렸어…."

"웃기지 마! 너 내가 무슨 마음으로 이번에…!"

"어머, 그렇게 나한테 명령하고 싶었구나. …당신의 마음, 확실히 받았어."

"받은 결과로 뭘 할 건데!"

"글쎄…."

말을 멈춘 팬지가 기분 좋게 나를 바라보았다.

지금까지 지내면서 나는 깨달았다. 이 얼굴을 할 때의 팬지는,

"절대로 스스로 수 없는, 아주 밋진 명령을 해·줄·게."

돼먹지 않은 소리밖에 안 해….

나를 좋아하는 건
너 뿐이냐

나는 확실히 인식한다

에필로그

"어어, 죠로! 체육제, 수고 많았다!"

"그래, 썬도 수고했어."

노점 뒷정리를 모두 끝낸 뒤, 교실에서 내가 체육복에서 교복으로 다 갈아입었을 즈음에 말을 걸어온 사람은 내 베프인 썬.

그 표정은 평소처럼 열혈 넘치는 미소지만, 어딘가 쓸쓸함이 어려 있었다.

아마도 원인은 체육제의 마지막 종목… 학급별 대항 릴레이겠지.

"으음! 설마 마지막 순간에 역전당할 줄은 몰랐어! 야구부의 단거리 달리기에서는 진 적이 없었는데!"

체육제, 적팀과 백팀의 승부의 명암을 가른 학급별 대항 릴레이.

우리 반은 마지막 주자까지 1위를 유지.

그 상태에서 마지막 주자인 썬에게 바통이 넘어갔으니까, 우리는 승리를 확신했다.

하지만 거기서 예상 밖의 사태가 일어났다.

팬지네 반의 마지막 주자… 야구부의 포수인 시바가 맹렬한 기세로 쫓아와서 썬을 제친 것이다.

"아마 나는 마음에서 진 거겠지…. 그러니까 릴레이에서도 같은 결과가 나왔어."

"마음에서?"

"남자가 노력한다, 단순한 이유지! 역시 남자는 멋진 모습을 보이고 싶은 상대가 있으면 평소보다 의욕이 나잖아? 오늘 체육제, 시바의 여동생이 보러 왔어! 그 녀석, 동생이 있으면 평소의 다섯 배 정도는 기를 쓰니까! 그래서 나는 시바에게 졌지! 내가 노력하는 단순한 이유는 조금 복잡했으니까…."

"그, 그런가…."

마지막에 살짝 애수를 느끼게 하면서 어딘가 달관한 미소와 함께 말하는 썬.

그 말을 듣자, 승패에 납득하게 되는군.

비슷하구나. …내가 히이라기의 노점을 열심히 돕자고 생각한 이유와.

"그러고 보니 죠로. 노점 일 말인데, …놀랐어! 설마 너와 내가 같은 팀이었다니!"

윽! 안 좋은 기억을 떠올리게 해 주는군… 썬.

"그래, 정말로 최악이야. 설마 팬지 녀석이 그런 수작을 부리다니…."

"하핫! 아쉬웠어! 하지만 팬지도 힘들었던 모양이야! 일부러 히마와리 쪽에 사정을 설명해서 죠로를 츠바키네 팀으로 만든 모양이니까!"

알고 있어. 그 녀석들 끝까지 한패였어.

"그래서 말이지, 승부의 특전은 결국 어떻게 됐어? 히이라기는 츠바키에게 썼지만, 다른 녀석들은 남아 있지?"

"후우와 체리와 리리스, 그리고 츠키미는 '이번에는 어디까지나 도우미니까, 그런 특전은 필요 없다'며 거절했지만, 팬지한테는 뭔가 있는 모양이야…."

"그렇다면 아직 아무 말도 없었단 소리인가! 하하하! 이거 귀찮을 것 같군!"

썬, 그렇게 한가하게 웃지 말아 줘.

나한테는 사활이 걸린 문제야.

"뭐, 앞으로도 죠로는 팬지에게 여러모로 고생하게 될 것 같군!"

"그런 건 이미 알고 있어…."

"아니, 너는 모르고 있어."

응? 왜 썬의 목소리가 평소의 열혈남 목소리가 아니라, 꽤나 냉정한… 또 한 명의 썬의 것이 되는 거지? 왜 갑자기….

"저기, 죠로. …너는 지금까지 이상하다고 생각한 적 없었어?"

"이상하다니… 무슨 소리야?"

"팬지 말이야. 녀석은 작년 지역 대회 결승전… 즉, 작년 7월부터 계속 너를 좋아했어. 그런데 그때부터 올해 4월까지 아무것도 하지 않았잖아?"

그 말을 듣고 보니 분명히 그렇다….

"올해 4월에 녀석은 네게 마음을 전했어. 그때까지 아무 소리도 없이 있었으면서, 4월에 들어서 갑자기 녀석은 네게 마음을 전했어. …왜라고 생각해?"

"아니, 모르겠어…. 저기… 썬은 알고 있어?"

"그래, 알고 있어."

담담하게 냉정한 목소리로 썬이 그렇게 말했다.

"여름 방학이 끝날 즈음에, 어떤 여자애한테서 편지로 팬지에게 전언을 부탁받았거든. 그걸 전했더니 가르쳐 줬어. …너한테는 비밀로 해 달라는 말을 들었지만."

뭐야. 실컷 뜸들이더니만, 중요한 부분은 말해 주지 않으니 답답하잖아. …그렇게 불평하고 싶지만, 썬의 표정을 보니 도무지 그런 말을 할 수 없었다.

분명 그래도 나에게 이 이야기를 하는 이유가 있겠지.

"다만 딱 하나만 전하자면…."

그렇게 말하며 썬이 내 어깨에 부드럽게 손을 올렸다. 그 손에는 마치 '이다음은 네 차례다'라는 마음이 강하게 담겨 있는 것으로도 생각되었다.

"팬지를 팬지가 되게 해 줘."

아마 이게 썬이 줄 수 있는 최대의 힌트겠지.

팬지를 팬지가… 진짜로 의미를 모르겠다는 게 난점인데….

"좋았어! 그럼 나는 체육제 뒤풀이로 야구부원들끼리 이탈리아 요리를 먹으러 갈 거니까, 먼저 간다! 탄포포를 설득하느라 시간이 좀 걸릴 것 같으니까 서둘러야지!"

"어, 그래. 알았어! 저기… 썬!"

"신경 쓰지 마! 나랑 너는 베프야! 그러니까 여차할 때는 꼭 힘이 되어 줄 테니까!"

마지막에 그렇게 말하더니, 썬은 평소처럼 열혈 넘치는 모습으로 교실에서 나갔다.

자, 그럼 나도 갈까.

오늘은 이다음에 모두와 함께 히이라기네 노점에 가서 뒤풀이다.

마지막에 신경 쓰이는 일은 있었지만, 지금은 일단 잊고 오늘의 승리를 축하하자!

※

그 뒤로 교문 앞에서 노점 멤버들과 합류한 나는 그대로 다 함께 '씩씩한 닭꼬치 가게'로. 그리고 그곳에서 잠시 후에 야구부 멤버가 빠진 '따끈따끈한 튀김꼬치 가게'의 멤버도 합류.

인원이 많아서 지금까지 회의를 했던 사무실이 아니라, 노점 안의 커다란 테이블 석을 몇 개 빌려서 함께 닭꼬치를 먹었다.

그리고 그 테이블 중 하나에는 츠바키와 히이라기가 있으며,

"츠바키! 츠바키는 내 친구야! 그러니까 더 어리광 부릴 거

야!"

"아니, 히이라기. 나와 너는 지금은 친구가 아니랄까. 스스로 더 노력해야 한달까."

히이라기는 어떻게든 기생하려고 했지만, 당연하게도 실패했다.

"믿을 수 없어! 너무해!"

툴툴 화내면서 닭꼬치를 우적우적 먹는 히이라기.

본인은 전혀 깨닫지 못한 모양이지만, 다른 손님도 많이 있는데 평범하게 이렇게 대화할 수 있게 된 것은 큰 진보라고 생각한다.

아마도 주목만 받지 않으면 사람이 많이 있는 곳에서도 괜찮아지겠지.

"자, 자, 히이라기찌. 그렇게 화내지 않아도 괜찮아! 츠바키찌한테 잘 말하면 또 친구가 되어 줄 거야!"

"정말?! 그럼 난 평생 츠바키에게 기대어 살 수 있어?!"

"아, 아니~ 아무래도 그 정도는….."

체리도 뭐라고 대답할지 힘들어하는군. 힘내라, 아마 어떻게든 될 거다.

"닭꼬치, 맛있어."

귀에 와 닿는 작은 목소리.

내 옆에서 오물오물 닭꼬치를 먹으면서 말했다.

아니, 이렇게 츠키미와 느긋하게 말할 기회는 사실 처음 아냐?

…무슨 말을 하면 좋지?

"츠키미, 오늘은 고마워. 와 줘서 정말 힘이 됐어."

"괜찮아. 나도 좋은 일 있었어."

"어, 그, 그래…."

"응, 그래."

대화가 제대로 이루어지지 않아…. 아니, 괜찮긴 한데.

츠키미는 평소부터 말이 없고, 그렇게 대화를 좋아하는 녀석이 아닐지도 모르고.

다만, 뭐라고 할까… 내가 재미있게 해 주지 못했다는, 정체 모를 죄악감이 느껴진단 말이지.

츠키미가 더 흥미를 가질 만한 화제가 있으면 좋겠는데… 애석하게도 나와 츠키미의 공통 화제로 떠오르는 거라면 '그 남자' 뿐. 그것만큼은 싫다.

"죠로, 잠깐 괜찮아? 슬슬 **그 이야기**를 당신에게 하고 싶은데."

…이런. 뒤에서 나에게 불리하기 짝이 없는 발언을 하는 여자의 목소리가 들려왔다.

"어, 어…. 팬지, 그건 또 나중에라도… 어라?"

왠지 팬지만이 아니라 다른 녀석들도 같이 있는데?

코스모스, 히마와리, 아스나로, 사잔카, 네 사람 다 꽤나 진지

한 얼굴로….

"아주 중요한 이야기니까 다른 장소에서 하고 싶어. 그러니까 같이 좀 와 줄 수 있을까?"

팬지만이 아니라 저 네 사람도 있다니. 대체 나한테 무슨 말을 하려는 거지?

가능하면 지금 당장이라도 도망치고 싶지만, 여기까지 왔으면 그럴 수도 없지.

이러면 각오를 하는 수밖에 없나….

"알았어. …같이 갈게."

현재 위치는 '씩씩한 닭꼬치 가게' 근처에 있는 인적 없는 주차장.

내 정면에는 팬지, 코스모스, 히마와리, 아스나로, 사잔카가 나란히 서서, 각자 진지한 표정으로 나를 바라보고 있었다.

이미 해가 져서 어둑어둑해진 주차장은 그것만으로도 왠지 조금 무섭다.

"있잖아, 쥬로. 이렇게 있으니 뭔가 떠오르지 않아?"

"떠오르다니… 뭐가?"

"올해 지역 대회 결승전에서, 당신이 하즈키에게 이긴 뒤가 말이야."

"윽!"

그렇다. 그때도 나와 호스의 승부가 끝난 뒤에 다른 녀석들은 모두 떠나갔지만, 이 다섯 명만큼은 남아서 내 대답을 기다렸다.

"그때 당신은 모두에게 마음을 전했어. 하지만 그걸로는 역시 납득할 수 없어."

"설마… 네가 나한테 시키는 명령은…."

"그래. 이번에야말로 확실히 한 명… 죠로가 제일 소중한 사람에게만 당신의 마음을 전해 줘."

그렇게 나왔나…. 하지만 그게 맞는 말이기는 하다….

그때, 올해 지역 대회 결승전에서 나는 '아직 모두와 친하게 지내고 싶다'라는 마음에, 이 녀석들의 마음을 무시하고 말도 안 되는 수단을 써서 대답을 흐지부지 넘겼다.

덕분에 그 자리를 수습할 수는 있었지만, 어디까지나 그 자리만 넘겼을 뿐.

명확한 대답은 언젠가 반드시 전해야만 하지….

"그러니까… 죠로."

"뭐, 뭐야?"

지금 여기서 말하라는 거야? 전원이 모인 이 자리에서 내 마음을….

"한 명에게만 당신의 대답을 들려줘."

"나, 나는…."

그래. 여기까지 와서 그 이외의 명령이 나올 리가 없지.

설마 이렇게 갑작스럽게 이 순간이 올 줄은 몰랐어….

하지만 말할 수밖에….

"2학기가 끝날 때에."

"…이? 지, 지금이 아니라… 2학기가 끝날 때?"

"응, 그래."

팬지는 담담하게 대답했지만, 잘 보면 손이 희미하게 떨리고 있었다.

다른 네 사람도 그 표정은 진지했지만, 어딘가 두려워하는 것처럼도 보였다.

"한심하지만… 우리도 무서워."

"무서워?"

"완성된 관계에 변화를 주는 건… 큰 용기가 필요해."

"……!

그렇지….

나는 겁쟁이니까 나뿐이라고 생각했지만, 그럴 리가 없다.

지금까지 많은 고생을 하면서 만든 현재 우리의 관계.

그것을 잃을 가능성이 있는 것을 이 아이들도 두려워했다….

"하지만 우리는 언제까지 고등학생으로 있을 수 없어. 언젠가 반드시 변해. 그때 답을 모르는 건 싫어. …그러니까 2학기 끝. 지금이 아니라, 3학기도 아니라, 2학기가 끝날 때에 당신의 마음을 가르쳐 줘. 이건 반드시야."

뒤에 선 코스모스, 히마와리, 아스나로, 사잔카가 팬지의 말에 호응하듯이 살짝 끄덕였다.

이 명령에 의미는 없다.

어차피 팬지는 내가 **알고 있다는 사실을 알면서** 전하는 것이다.

그래도 전한 이유는 확실히 내가 생각하기를 바랐으니까.

내가 누군가에게 마음 써 주는 일 없이, 진짜 마음을 분명히 말하도록 전한 것이다.

그럼 나는….

"알았어. 2학기 끝… 그때 확실히 전할게."

이제 도망칠 수는 없다.

2학기의 끝… 그때 계속 숨기고 있던 내 마음을 숨김없이 전하자.

내가 제일 소중히 생각하는… 누구보다도 함께 있고 싶다고 생각하는 인물에게.

"그래. 기대하고 있을게. …죠로."

내 대답에 만족했는지 팬지… 그리고 다른 네 사람이 부드러운 미소를 보였다.

어둑어둑한 주차장이라서 분위기고 뭐고 없지만… 신기한 노

※일본 중, 고등학교에서 도입하고 있으며 3학기제의 경우 4월에 학기가 시작한다. 3학기는 보통 1월 초순에서 3월 25일경까지를 말한다.

릇이군.

모두의 미소가 한층 아름다워.

하지만 이 미소는 지금만 허락된 일시적인 것.

모두 웃을 수 있는 해피엔딩이 존재하지 않는 미래.

우리는 그곳을 향해 나아가야만 한다.

2학기가 끝날 때 확실히 우리의 관계에 새로운 변화가 찾아온다.

그것이 지금 관계의 끝으로 이어질 가능성은 충분히 있으니까….

9권 끝

◆작가 후기◆

등장인물이 너무 늘어나서 힘들어!

안녕하세요. 최근 친구와 뮤지컬 영화에 대해 말한 뒤에, "사실 〈사운드 오브 뮤직〉, 본 적이 없어, 데헷☆"이라고 말했더니 "그냥 죽어."라는 말을 들은 라쿠다입니다.

생명까지 부정할 건 없잖아.

이번 9권은 8권이 아주 시리어스했던 탓인지, 저의 '장난치고 싶다' 모드와 '팬지의 등장을 늘리고 싶다' 모드가 증폭해서 비교적 개그가 많고 팬지의 등장이 많아지도록 보여 드렸습니다.

뭐, 9권 이야기는 이 정도로 하고, 이번 후기에서는 전부터 몇 번 질문을 받았던 점에 대해 이야기해 볼까 합니다.

그건 약칭입니다.

이 책은 『나를 좋아하는 것은 너뿐이냐』라는 타이틀이라서 '이걸 어떻게 줄이지?'라는 질문을 가끔 받았습니다.

저는 '나것은(俺なのは)'이라고 줄이고 '스타라이트 브레이커*'라고 외치고 싶다고 꾀하거나, 어느 담당 편집자는 '를아하는'이

※스타라이트 브레이커 : 애니메이션 〈마법소녀 리리컬 나노하〉 시리즈의 주인공 나노하(なのは)의 필살기.

라는 약칭으로 하고 싶다고 하거나, 그 외에도 여러 개가 있습니다만… 그런 우리의 바람과는 달리 전격문고 님의 작품 소개 페이지에 어느 틈에 '나좋아'라고 떡하니 적혀 있었습니다.

그러니 '나좋아'라고 생각합니다.

혹시 다른 약칭으로 부르고 싶은 분이 계시면 사양 말고 다른 약칭으로 불러 주세요.

그럼 마지막으로 감사 인사를.

9권을 구입해 주신 독자 여러분, 항상 진심으로 감사합니다. 일단 시간을 되감으면서 다시 시작한 2학기 편. 이 뒤에 어떻게 될 것인가… 저도 모릅니다.

브리키 님. 이번에도 멋진 일러스트 감사합니다. 8권은 짝수 권이었습니다만, 사정상 항상 하는 '그것'이 나오지 않았습니다…. 하지만 다음 10권에서는 무슨 수를 써서라도 '그것'을 집어넣으려고 꾸미고 있으니, 잘 부탁드립니다.

담당 편집자 여러분. 이번에도 많은 어드바이스 감사합니다.

대체 어떻게 하면 츠바키 팀에게 히이라기 팀이 이길 수 있을까 하는 방법을, 두 시간 정도 여러 아이디어를 냈다가 누군가 퇴짜 놓는다는 식의 무한 루프는 좋은 추억입니다.

또 다음 권에서도 많이 신세 지겠습니다.

라쿠다

나를 좋아하는 건 너뿐이냐 [9]

2020년 4월 10일 초판 발행

저자 라쿠다 | **일러스트** 브리키 | **옮긴이** 한신남
발행인 정동훈
편집 팀장 황정아 | **편집** 노혜림
발행처 (주)학산문화사 | 서울특별시 동작구 상도로 282 학산빌딩
편집부 02.828.8838(전화), 02.816.6471(팩스) | **영업부** 02.828.8986(전화), 02.828.8890(팩스)
홈페이지 www.haksanpub.co.kr | **등록** 1995년 7월 1일 | **등록번호** 제3-632호

ORE WO SUKINANOHA OMAEDAKEKAYO Vol.9
ⒸRakuda 2018
Edited by 전격문고
First published in Japan in 2018 by KADOKAWA CORPORATION, Tokyo.
Korean translation rights arranged with KADOKAWA CORPORATION, Tokyo.
through Korea Copyright Center Inc.
이 책의 한국어판 저작권은 일본 KADOKAWA CORPORATION과의 독점계약으로 (주)학산문화사에 있습니다.
저작권법에 의해 한국 내에서 보호를 받는 저작물이므로 불법 복제와 스캔 등을 이용한
무단 전재 및 유포·공유 시 법적 제재를 받게 됨을 알려드립니다.

ISBN 979-11-348-1452-6 04830
ISBN 979-11-256-9864-7 (세트)
값 7,000원

라스트 엠브리오 6

타츠노코 타로 지음 | 모모코 일러스트

문제아 시리즈 2부,
소동이 일어나는 제6권!

'인류의 적', 살인종의 왕을 일시적으로 쫓아낸 '문제아들'. 흑토끼와 미카도 토쿠테루도 합류한 일행은 체력을 소모한 사카마키 이자요이를 억지로 쉬게 하면서 아틀란티스 대륙의 수수께끼를 풀어 나간다. 그리고 무대는 지하미궁으로 옮겨시고, 최하층으로 항하는 카스카베 요우와 식비를 짖는 나머지 일행. 이렇게 두 팀으로 나뉘어서 탐색을 개시하였지만 갑작스러운 대분화로 사태는 일변하고…. "인류를 '세계의 적'으로 만든 죄를, 과거에 주먹을 휘두를 수 없었던 자의 의무를, 지금 이곳에서 다하도록 하겠다." 지상에 이변이 일어나는 동안, 최하층에서 요우가 만난 상대는…?

(주)학산문화사 발행

밀리언 크라운 3

타츠노코 타로 지음 | 코게차 일러스트

〈문제아 시리즈〉의
타츠노코 타로 작가가 쓰는
인류 재연(再演)의 이야기!!

"네 생각대로 해 봐라." 수많은 생각과 감정이 담긴 메시지와 함께 어머니인 시노노메 이자요이에게 받은 열쇠. 시노노메 카즈마는 그 진상을 구명하고 야마토 민족통일을 위해 큐슈 총련으로 향하지만, 그들을 맞이한 것은 예상치 못한 적이었다. 자신들을 노린 책략을 간신히 돌파한 카즈마 일행은, 어렵게 도착한 큐슈 총련에서 상급 자기 진화형 유기 AI '아마쿠니', 그리고 아자카미 미요라는 소녀와 만난다. 미요를 대하는 주변 사람들의 비뚤어진 대응에 분개하던 가운데, 서서히 밝혀지는 진실. 그 진실에 도달한 순간, 퇴폐의 시대를 지배하는 괴물이 눈을 뜬다!!

(주)학산문화사 발행